残酷な遺言

エリザベス・ローウェル
仁嶋いずる 訳

SWEET WIND, WILD WIND
by Elizabeth Lowell
Translation by Izuru Nishima

SWEET WIND, WILD WIND

by Elizabeth Lowell

Published by K.K. HarperCollins Japan, 2022

残酷な遺言

おもな登場人物

ララ・チャンドラー――――学生
シャイエン・チャンドラー――――ララの祖父。故人
ベッキー・チャンドラー――――ララの母。故人
ローレンス(ラリー)・ブラックリッジ――――ララの実父。ベッキーの恋人。故人
シャロン・ブラックリッジ――――ラリーの妻。故人
カーソン・ブラックリッジ――――ラリーの養子。ロッキング・B牧場の牧場主
ウィリー、ジム・ボム、マーチソン、
スパー、ダスティ――――ロッキング・B牧場の牧童たち
ヨランダ――――ロッキング・B牧場の家政婦兼料理人

1

落ち着くのよ。ララ・チャンドラーは自分に言い聞かせた。カーソンは絶対にチャンドラー家の敷地には足を踏み入れない。考えるのもいやだと思っているだろう。だからここは安全だ。

心の声に耳を傾けながら、ララは悲しげにほほえんだ。チャンドラー家の小さな敷地は緑豊かなロッキング・B牧場の土地に囲まれている。だが敷地の中だろうと外だろうと、カーソン・ブラックリッジと顔を合わせると思うなんて取り越し苦労もいいところだ。最後に会ったとき、カーソンはもう顔も見たくないとはっきり態度に表した。あれから何年もたったのに、彼に自分を捧げようとして断られたときのことを思い出すたび、ララの顔は赤らみ、そして蒼白になる。何度も忘れようとしたのに、忘れられなかった。男性に手を握られたりやさしくキスされたりするたびにその記憶がよみがえり、ララを凍りつかせた。

ララは意識して深呼吸した。モンタナの一牧場の百年史を書くためにロッキング・Bに戻ることに決めてから、ずっと感じていた緊張を解きほぐすために。彼女は震える手でスーツケースを開けた。頻繁に二つの家を行き来しているため、慣れた手つきでてきぱきと荷物を解く。

少なくとも、いつもならララはてきぱきとしていた。今日は指先がうまく動かない。黒く長いまつげにめったにつけることもないマスカラの容器を三度も取り落とし、ララはいらだちのあまりため息をついた。カーソンとの間に起きた、顔から火の出るようなあの一件から四年がたつ。もう忘れていてもおかしくない。それなのに、乗り越えられなかった。四年では足りない。過去が現在に大きな意味を持つ家庭に、ララは生まれた。過去から逃れられるような安全な場所は未来にはない。望もうが望むまいが過去はつねに彼女につきまとい、去ろうとしない。

彼女は、百年前の牧場の話を祖父に聞いて育った。子どものころは自分と過去を隔てる距離はとてつもなく大きく思えた。大人になるにつれ距離は縮み、把握できる範囲におさまり、季節を追うごとに輪郭の鮮やかさを増していった。

ララは時の繰り返しを愛するようになった。祖父母は孫の顔に過去の面影を見つけ、家族のエピソードは何度も語られ、やがて口伝えの時代史となる。ララは人の歴史も愛した。土地に刻み込まれた歴史。自分たちだけのしきたりを持ち、失望も夢も次の世代が受け継いでいく大きな家族。

歴史はララの人生の一部であり、ブラックリッジ家のロッキング・B牧場はその中心にあった。

ララはカラフルな下着を手にして立ち上がり、曾祖父（そうそふ）が第一子のために建てた部屋を眺めた。ジェデダイア・チャンドラーの目には、百年の自由保有権は永遠にもひとしく映ったに違いない。しかし実際は、この土地はブラックリッジ家から借りていただけで、チャンドラー家の所有ではなかった。そして二年前、無料賃貸契約は切れた。ラリー・ブラックリッジは契約期間を延長し、ララの祖父シャイエン・チャンドラーが死ぬまでとしていたからだ。

シャイエンが亡くなり、家屋敷はブラックリッジ家のものになった。ロッキング・B牧場の中心にある、増築と修理を重ね、家族が愛した家にチャンドラー家の者が住まうことはもうない。だが、その小さな谷の名は歴史の一部となって世代から世代へと語り継がれるだろう。この百年、ここは〝チャンドラーの家〟と呼ばれてきた。これから百年もそう呼ばれるだろう。ブラックリッジとチャンドラーの名はモンタナの大地の一部だった。

それはつまり、どんなにカーソン・ブラックリッジの存在を無視しようとしても、彼がララ・チャンドラーの一部でもあることを意味する。特に、ここロッキング・Bでは。どこを見ても彼を、彼がララにしたことを思い出す。カーソンはララの歴史の一部なのだ――しかもいろいろな意味で、いちばん大事な部分を占めている。

「もうやめるのよ」彼女はつぶやいた。「カーソンについての論文でも書いて、〝選んではいけない相手〟のファイルにしまうの。〝みじめになる相手〟でもいいわ。なんなら、〝女嫌い〟でもいい」

ララはため息をついた。カーソンとともに過ごしたことがつらい思い出なら忘れるのも簡単だ。でも、そうではなかった。すぐそばに彼を感じ、めったに笑わない彼がララといっしょにいるときだけは何度もほほえむのを眺め、ともに話し、触れあい、笑いあった……みじめな思い出？　とんでもない。短かった数カ月間、ララは虹の中に暮らしていた。

手を動かすたびに、ここへ戻ってきたのは間違いだったのだろうかと考えながら、ララは手早くスーツケースを空にした。思い出と歴史以外に彼女をロッキング・Bに結びつけるものはない。それに、ララを決して娘と呼ばなかった男も死んでしまった。

二カ月前に伯母の家にかかってきた電話のことを思い出し、手が止まった。電話に出たのはララだった。ラリーことローレンス・ブラックリッジの死を告げたカーソンの深い声。四年ぶりにカーソンの声を聞いて、ララは火に投げ入れられたような気がした。血が脈打つ音が耳に響き、言葉がほとんど聞き取れなかった。やがて話の内容がわかった。カーソンを養子にしたが決して息子とは呼ばず、ララの父となったが決して娘とは呼ばなかった男、ララの母が愚かにも愛してしまった男、ローレンス・ブラックリッジが死んだ。

今も、カーソンになんと答えたのか思い出せない。気がつくと、三月の夜の薄明かりの中で手に持った受話器をじっと見つめていた。

ララは葬儀には行かなかった。祖父の死から間もないころで、さらなる別離に耐えられないからだと自分に言い聞かせた。でも、それが理由ではないのは自分でもわかっていた。祖父シャイエン・チャンドラーは愛する牧場で望むとおりに生き、死んだ。年々体が衰えていった祖父に、死は友として訪れたのだ。祖父がいないさびしさが消えることはないが、嘆き悲しもうとは思わなかった。祖父はララの中にいる。祖父の笑い声とやさしさは記憶の中に生きている。祖父の愛情は空気に満ち満ちている。

ララが向かいあいたくないのは、悲しみではなくカーソンだ。もう一度彼に会いたいとは思わなかった。

「会う必要なんかないわ」ララはスーツケースをばたんと閉じ、ベッドの下に押し込んだ。「私の研究対象はずっと前の時代よ。カーソンが牧場のことを覚えていたとしても使えないわ。若すぎるもの」

カーソンが若すぎるなんてことがあるかしら。そう考えて、ララの手が止まった。子どものころの彼を想像したことは一度もない。ララにとってカーソンはいつも大人で、九歳の年の差を超えられない壁のように感じていた。デートしていたときも彼のことが少し怖いような気がしたものだ。幼いころからのあこがれが愛に姿を変えるにつれ、そんな気持ちは消えていった。カーソンが、彼女の愛に応えてくれたと思っていた。

〝間違った相手〟それを忘れてはいけない。

ララは部屋の中をあてどなく歩きまわった。祖父の死後も、カーソンが家の中をそのままにしておいてくれたのがうれしかった。落ち着きなく歩きながら、彼女は子どものころの思い出のあれこれに触れた。地元のロデオ大会で樽(たる)のまわりを走るバレルレースに出て獲得した色あせた優勝リボン。最初の馬に乗ったときに写した、ほこりをかぶった写真。色あせた写真を見て、ララは思った。下の大きな谷にあるロッキング・Bの家のどこかに、カーソンも同じような写真を飾っているのかしら。チャンドラーの家からは一キロと少ししか離れていないのに、はてしなく遠く思えるあの場所に。

ララは子どものころのカーソンの姿を思い浮かべようとしたが、できなかった。頭に浮かぶのは今の彼だけだ——誰よりも背が高く、強く、たくましい姿。長身なので、一見やせて見える。そばに立って初めて、彼がどれほどたくましいかに気づくのだ。手首はララの倍以上太く、両手と肩も、ララ二人分ほどある。そして、生まれついてのスポーツマンだけが持つしなやかな筋肉が全身をおおっている。ただ一つ繊細さを感じさせるのは、長いまつげに囲まれ、前触れもなく緑から琥珀(こはく)へと色を変える目だ。ブラウンの豊かな髪は、濡(ぬ)れると毛先がカールする。

ララはふらふらと漂っていく思いを、いつものように断ちきった。思い出に体が反応してしまうのをあまりに無意識のうちに自制してしまうので、自分でも気づかないほどだ。

カーソンにきっぱりと拒絶されてから、何度かほかの男性とつきあおうとしたが、相手の思いに応えることはできなかった。相手が関係を深めようとすると凍りついてしまうのだ。ララは、自分が生まれつき薄情なのだろうかと思った。でもカーソンとはそんなことはなかったし、彼はそういう意味ではいつも例外だった。ララは愛から身を守るすべを身につける前に、彼を愛してしまっていた。

けれど、今は違う。しっかり自分を守っている。最高の教師、カーソン・ブラックリッジのおかげで。

その瞬間、ララはさとった。祖父の寝室で待っているたくさんの家族写真や記念の品に向きあうことはまだできない。祖父が丹念に選び出し、より分けておいた思い出の品。あの部屋は、そんな品に囲まれて祖父が心臓発作を起こした日とすべて同じままだ。いずれは祖父が始めた仕事を引き継がなければならないが、ララは孫娘としてではなく研究者としてそれをやりたいと思っていた。

とにかく、今はまだだめだ。研究者に必要な客観性を持って自分の個人的な歴史に向きあうことはまだできない。急ぐ必要はない。カーソンは大学の指導教官に、大学側の代表者は研究が終わるまでチャンドラーの家に必要なだけ滞在していい、と告げたそうだ。ロッキング・Bとしては古びたチャンドラーの家に用はない。大学側の代表者がララ・チャンドラーだと知ったとき、その気前のいい言葉をカーソンが後悔したかどうかは指導教官の話からはわからなかった。

　どちらにしても、ロッキング・B牧場の牧童頭としての暮らしを綴（つづ）った祖父の手書きの日記に目を通すのはあとまわしにしよう。初夏のさわやかな風が吹きつける昼下がり、ララはもう何週間も馬に乗っていないことを思い出した。上の牧草地にはブラックリッジ家の家畜にまじってチャンドラー家の馬も何頭かいる。そのうちの一頭、シャドウをつかまえ、うねる大地と裏側の谷を越えて走っていきたい。愛する土地、そして夏の終わりには別れなければならない土地に挨拶（あいさつ）したい。そのころには口伝えの歴史の収集は終わり、ここにとどまる理由はなくなっているだろうから。

　外に出ると、祖父の死後半年間で荒れた部分が目についた。有刺鉄線はわき水のぬかるみの上でたわんでいる。春になれば、子牛が下をくぐって抜け出してしまうだろう。ポーチの階段のいちばん下の段もゆがんでいる。春になれば、誰かがうっかりつまずくかもしれない。

　だからといって、どうということはない。春になれば、ここには誰も住まなくなるのだから。

　ララの口笛に応（こた）えて近寄ってきたのは、アラブ種の血を引いた元気いっぱいの美しい雌馬だった。色はララの髪と同じ青みがかった黒だ。シャイエンは、脚のきれいなこの馬を選んだのは学校に行ってしまった孫娘を思い出させるからだと言って、よくララをからかった。きっと本音だったのだろう。たしかに祖父は、ほかの馬とは違ってこの雌馬を甘やかした。

「覚えていてくれたのね、シャドウ」ララは馬の耳を撫(な)でた。

シャドウはララのシャツに鼻をすり寄せ、襟元に温かい息を吹きかけた。そして舌でララの髪の長い一房をとらえ、噛(か)み始めた。

「だめよ」ララは笑って髪を取り返した。「これは私の」

彼女はポケットを探り、牧場にいるときはいつも持ち歩いている革ひもを取り出した。そして手早く髪を一本の長い三つ編みにまとめ、肩のうしろに振り払った。ほつれ毛がやわらかくカールして顔のまわりを取り囲む。そのせいで二十二歳という年齢よりずっと若く見えた。山に囲まれた湖のように澄みきった青い目――そこには深みと葛藤(かっとう)を思わせるかげりがある。謎(なぞ)と、めったに表に出さない感情を秘めた目。胸とヒップの曲線は官能的で女らしい。その女らしさに触れたのは、これまでただ一人の男だけだ。

ララは馬を小さな納屋に連れていった。歩きながら人の気配を感じて、何度か振り返った。落ち着かないとか怖いとかは思わなかった。日の光のように、ただそこにあるという感覚だ。でも何度見まわしても、牧草地には馬と牛以外に誰もいない。

納屋に入ると、なぜか人の気配は消えた。ララは肩をすくめ、馬の手入れを始めた。祖父の死後、誰かがシャドウの世話をしてくれていたのがわかった。毛は丁寧な手入れでなければ出せないつややかさがあったし、長い尻尾はもつれもなく、最近蹄鉄を替えたあとがあった。

「シャイエンの友達がおまえの蹄鉄を替えてくれたの？　ジム・ボブかウィリーかしら？　それともダスティ？　マーチソン？」

シャドウは鼻を鳴らし、足を踏みかえた。

「秘密なのね？　その気持ちもわかるわ。あんな一筋縄じゃいかない人たちを味方につけたとしたら、私も秘密にしておくだろうから」

ララは鞍をしっかりと締め、夏の初めに牧場に戻ったときにいつもそうしていたように、無意識のうちに革帯がすりきれていないか確かめた。右側の腹帯のバックルもあぶみのバックルも新品だ。腹帯の帯そのものも取り替えてある。ララは小さく驚きの声をあげ、シャドウの馬具を一つ一つ確かめた。おもがいから鞍袋まで、どれも丁寧に手入れしてある。急に大きな力がかかっても、壊れてララが投げ出されることはなさそうだ。

「シャドウ、私たち誰かにチョコレートチップ・クッキーを二回焼いてあげないといけないみたいね」

シャドウはベルベットのような鼻先でぐいっとララを押した。準備はもう終わりにして走り出したいのだ。シャドウはララに劣らず大地を駆けめぐるのが好きだった。

「よしよし」ララは馬の鼻先をおなかから押しやった。「わかってるわ」

ララはシャドウを納屋から出し、ひらりとまたがった。シャドウが人を乗せるのは久しぶりなので最初は大変だろうと覚悟していた。しかしシャドウは跳ね上がることもなく、すぐに大地を蹴(け)って駆け出した。誰かが手入れと蹄鉄の交換以上のことをしてくれたようだ。その誰かはシャドウに乗り、服従を教えながら、人を乗せる喜びを奪わなかった。

「ということは、マーチソンね」ララは馬の黒い首を撫でた。

シャドウは片耳を乗り手の声に向けた。次の瞬間、両方の耳がぴっと前を向いた。ララが目を上げると、チャンドラー家の小さな谷と、それより大きな谷にあるロッキング・B牧場の家屋を見下ろす右手の丘に、人馬のシルエットが見えた。シャドウはその馬と人のにおいをかぎつけ、親しげにいなないた。

ララはとてもそんな気持ちにはなれなかった。カーソンのお気に入りの馬であるアパルーサ種の独特の模様を目にしなくても、乗っているのが彼だということはすぐにわかった。彼のように馬に乗る男性(ひと)はいない。遠くの都会ではなくこの土地で生まれたかのように落ち着いて乗っている。あれほどのたくましさと敏捷(びんしょう)さと男の優美さを兼ね備えた男性はいない。

ララは迷わずシャドウをカーソンと反対側の左に向けた。同時につややかな馬の腹を脚で締めつけ、スピードを上げさせた。その動作はまったく反射的なものだった。ララは、自分がローレンス・ブラックリッジの私生児だということは受け入れることができた。十年前の夏には、母ベッキー・チャンドラーの死も受け入れた。祖父の死も、愛した家と土地を失うことも受け入れた。

　でも、自分自身を差し出したのにそれを拒否した男性を受け入れることはできない。

　シャドウの動きで、ララはカーソンが稜線（りょうせん）を走り出したのがわかった。彼はララと同じぐらいこの土地をよく知っている。彼女がいる谷はこの先でせばまり、ふたたび広くなってロッキング・Bの牧草地につながる。この谷と交差する道にカーソンがいる。安全な牧草地に着く前に、道をふさがれてしまう。カーソンと顔を合わせるか話しかけるか、とにかく存在を認めるはめになる。しかしララは、心の準備ができるまで無理にそういうことはしないと自分に誓っていた。

　まだ準備はできていない。祖父の死以降初めて家に戻ってきた今は。あまりにも多くの出会いと別れを繰り返した今は。明日ならだいじょうぶかもしれない。あるいはあさってなら。来週か、来月なら。とにかく今はだめだ。自分があまりに無防備な気がする。カーソンに対してはいつもそう感じていた。

　ララはシャドウに対して遠くにいる相手に見えるような合図はしなかったにもかかわらず、雌馬はいきなり左に進路を変えた。ベア・クリークの小川を一飛びで越えると、シャドウはしばらく走り続けた。ララはシャドウの首に身を伏せた。三つ編みがほどけ、長い髪が黒いシルクの旗のように風にひるがえる。うしろを振り返らなくても、自分たちがカーソンの視界から消えた瞬間、ララにはそれがわかった。視線の気配がなくなったからだ。カーソンから逃れて自由になったララは、徐々にシャドウのスピードを落とした。

ようやくララは、カーソンがチャンドラー家の土地で何をしていたのか不思議に思った。自分が知っているかぎりでは、彼がこの土地に入り込んだことはない。きっとそれが理由だろう――ロッキング・Bのものとなり、自分が切りまわすことになった土地を知っておきたかったのだ。カーソンらしい。ララがどんな個人的な思いを抱いていようと、カーソンが牧場経営にたしかな才能を持っているのは間違いない。父親が発作で倒れて以来、カーソンは土地を維持し、経営を成功させる才能を立派に示してきた。血筋以外はどこまでもブラックリッジ家の人間だった。

残念なことに、カーソンを養子にした男にとっては血筋がすべてだった。それなのにラリーは妻と離婚して、娘を産んでくれた女性と結婚しようとはしなかった。ララはいつもそれを不思議に思った。ララが私生児なのは誰もが知っていたが、ラリー・ブラックリッジが自分の血を引いた子にこだわるのも有名だった。ララは母の恋人の矛盾を、母が恋人を愛し続ける理由を祖父にたずねたことはなかった。それは、年月を刻んだ祖父の顔からきまって笑みが消え、悲しみの影をきざす話題だったからだ。

やがてララは疑問を持つのをやめ、複雑で謎めいた両親の関係をただ受け入れることにした。夏の雷や、秋になると小川の縁に張る氷の結晶の模様と同じように。それは触れられない、触れるべきではない謎だった。

ロッキング・B牧場の中心である広い谷に着くころにはララの心は落ち着き、カーソンの前から逃げ出したのを恥ずかしくさえ感じた。彼女と同じくカーソンも偶然顔を合わせて驚いたことだろう。ララが方向を変えたおかげでかしこまった挨拶をわざとらしく交わさずにすんで、彼もほっとしたに違いない。

「おーい！」その声にララは物思いから覚めた。振り向くと、馬に乗った男があぶみの上に立ち上がり、こちらを向かせようと帽子を振りまわしている。牧童のウィリーだとわかって、ララはすぐにシャドウを彼のほうへ向けた。馬が並ぶと、ウィリーは身を乗り出してララをさっと抱きしめた。

「見るたびにきれいになるじゃないか、ララ。その目はあんたの母さんの目だ。神さまはあれほど青いものを作ったことはないだろうな。都会はどうだい？」

「コンクリートから離れようと思ったの。カーソンが我慢できなくなるか、牧童のみんなからロッキング・Bの話を残らず聞き出すまで牧場にいる予定よ」

「そりゃいい。話がなくなることはないだろう。ということは、あんたはずっとここにいることになる。おれたちはみんな、あんたがボイスレコーダーを構えておれたちを有名にしてくれるのを今か今かと待ってたんだ」

「仕事の邪魔はしたくないの」ララは急いで言った。カーソンの怒りを招いたり、注意を引いたりするようなことはしたくなかった。

「カーソンのことなんか心配することはないさ」ウィリーは仕事で荒れて節くれ立った手で、ララの手をやさしくたたいた。「牧童連中にこう言ってたからな。馬のどっちが噛むほうでどっちが蹴るほうかもわからないばか者や――いや、都会のやつらに、物事を教える手伝いをするつもりだってな。あんたに協力しろとさ。シャイエンの孫娘はこのあたりの宝だからな。カーソンもそれを承知してる」

ララは信じられない面持ちでウィリーを見た。「カーソンが私に協力しろと言ったですって？　私たち、同じカーソン・ハリントン・ブラックリッジのことを話してるのよね？」

「そのとおりだ」ウィリーはしっかりうなずいた。

彼女は意味をなさない言葉をつぶやいた。

「人の子だからな、欠点がないとは言わないよ」わかっているというようにララの肩をたたきながら、ウィリーは続けた。「気難しい男だが、いいやつだ。この牧場ができて以来いちばんの牧童頭だ――あんたのじいさん、シャイエンも入れてな」

ララは驚いてウィリーを見た。

ウィリーはうなずいた。「何よりシャイエンが最初にそう言い出したんだ。シャイエンは、雨が降ったらどうしろなんてコンピューターに指図されるのはまっぴらごめんだって言っていた。カーソンもコンピューターには感心しないようだが、牧場に何が必要かはよくわかってるし、そろえるようにしてる」

しばらくの間、ララはどう答えていいかわからなかった。やがてかすれるような声で言った。「カーソンが牧場をうまく切りまわしていてよかった。ロッキング・Bは人間と同じ生きた存在だから、誰かが世話をしてあげないと。こちらが手をかければ、牧場も応えてくれる。祖父はそれを知っていて、私に教えてくれたわ」

真剣で悲しげなララの顔を、ウィリーは心配そうに目を細めて見た。「頼みさえすれば、カーソンはいつまでいてもいいって言ってくれるはずだ。いや実際、あの女王蜂(じょおうばち)――いやその、カーソンの母親が死んだときも、やつはおれにそう言ってくれたからな」

口をすべらせたウィリーがおかしくて、ララはほほえんだ。シャロン・ハリントン・ブラックリッジは気難しい女性だった。それも当然といえば当然だ。夫の愛人とその娘が自宅から一キロほどのところに住んでいると知っていたのだから。ミセス・ブラックリッジはどうして離婚しなかったのだろう。ララの母ベッキー・チャンドラーが死んだあと、ブラックリッジ夫妻の間に愛情が残っていたとは思えない。

「信じないなら、カーソンにきいてみるといい」

「結構よ」そくざにララは答え、言葉のきつさをやわらげようと笑みを浮かべた。「百年以上も前にジェデダイア・チャンドラーは灰色熊(はいいろぐま)に襲われそうになったエドワード・ブラックリッジを助けたけれど、チャンドラー一族はブラックリッジ家の恩をあてにしすぎたわ。もう返してもらう借りはないはずよ」

ウィリーはうなり声をあげて帽子を引き下げた。ララが子どものころからよく知っている、納得したわけじゃないがこれ以上は話したくないという仕草だ。「そうかもしれんが、それじゃ新しい貸しはどうなるんだ?」

ララは聞こえないふりをした。ウィリーが聞かせようとして言ったのではないとわかっていたからだ。牧童たちはララの出自のことや父親のことを決して彼女の前では話さなかった。ウィリーは、母親の目にそっくりだと言ってララをほめたが、黒髪とぽってりした唇が誰に似たのかは絶対に言おうとしなかった。

「私の仕事はね、夕食のあとで牧童のみんなの話を聞くことよ。昼間は祖父の日記を読んだり牧場の写真を撮ったり、牧場の歴史に関係ある資料を読んだりして過ごすの。それから録音内容を原稿に起こしたりもするわ」

「それがおれの仕事でなくてよかったよ」ウィリーは首を振った。「この指は書き物には向かない。ロープ専門だ」そしてにっこりした。「若いころはロープ投げの腕は八つの郡でいちばんだった。動いてるものならなんでも縛り上げられた」何かを目の隅でとらえ、ウィリーが突然顔を上げた。「カーソンだ、なんの用だろう?」

ララもその動きをとらえ、大きなアパルーサ種の馬がこちらにやってくるのに気がついた。「あなたをサボらせていると、私に文句を言いに来たんだわ。もう行くわね、ウィリー。私も仕事に戻らないと」

かかとで軽く蹴ると、シャドウは牧草地を駆け出した。カーソンを避けるためにとっさに選んだルートには、チャンドラーの家に着くまでに門（ゲート）が三つある。最後のゲートは家の上方のさびしい谷にあった。地面の割れ目にすぎないようなその小さな谷に風が集まり、手で毛皮を撫でるように草をなびかせている。風の音もまた毛皮に似て、冷たくやわらかくなめらかだ。

まわりの美しさも、軽快に丘をまわり、谷に入ったララの目には届かなかった。ゲートのそばでララを待っている人影を見たとき、彼女はとっさにシャドウの向きを変えて反対方向に逃げようとした。どの方向でもいい。しかし体は、理性の必死のメッセージを聞き入れなかった。

カーソン・ブラックリッジがほんの三メートル先にいる。何年もの間、これほど近づいたことはない。正確には四年だ。あのとき、ララは一糸まとわぬ姿だった。今も何も身につけていないような気がする。

「やあ、ララ。おかえり」

2

ララはしばらくじっとカーソンを見つめていた。こちらを見る彼の目はグリーンだったが、夜、明かりの下で見ると金色に近くなることを、ララは知っていた。情熱にかられると暗くかげることも。それとも、彼女を見つめ、触れ、服を脱がせたときにあの目をかげらせたのは情熱ではなく軽蔑(けいべつ)だったのだろうか？

「カーソン」

こわばった唇から押し出すように、彼女は言った。それ以上何も言わなかった。カーソンに対しては、傷ついた過去にまつわる言葉しか出ないからだ。心の奥に鍵(かぎ)をかけてしまっておいた光景の数々。何年も忘れようと努力した記憶。

彼は変わっていなかった。大きく、たくましく、視線を向けられただけで心臓がひっくり返ってしまいそうになる。自分を待っている彼の姿を見て、ララは衝撃を受けた。これまでの年月で必死の思いで身につけた自制心が奪い取られ、心がむき出しになった気がした。

ララは彼を愛した。彼は愛してくれなかった。そのことはもう乗り越えたはずだと、彼女は自分に言い聞かせてきた。でも、間違っていた。古い傷はまだ治りきってはいなかった。彼を見るとまだ痛む。

馬の向きを変えて逃げようとする間もなく、カーソンの手がさっと動いてシャドウの手綱をとらえた。

「だいじょうぶ、怖がらなくていい」

ララは最初、カーソンが彼女に話しかけているのかと思った。ふと見ると、彼の大きな手がシャドウの首を撫(な)でて落ち着かせようとしている。シャドウは乗り手の突然のおびえを感じ取っていたのだ。カーソンを見守るうちに年月は消え去り、ララはまさにその手が彼女の体にやさしく触れたときのことを思い出した。ララのおびえをぬぐい去るかのようにゆっくりとブラウスのボタンをはずし、そっと中にすべり込んだ手。あのとき、彼女はその手を愛した。たくましく、温かく、はっとするほどやさしかった。

ララは身震いして目をそらし、記憶とたたかった。このたたかいにはいつも勝っていると、少なくとも負けてはいないと思っていたのに。

「放して」彼女の声は聞き取れないほど小さかった。

「こっちを見てくれ」

ララの全身がこわばり、ノーと叫んでいる。

カーソンは返事を待っていたが、やがて静かに言った。「四年前、僕は間違いをおかした。今は君に間違いをおかさせたくない。こっちを見てくれ」

ララははっとして顔を上げた。髪が顔をかすめたが、驚きを隠しはしなかった。「なんですって？」

カーソンはララの右手をつかんだ。そっとそのてのひらを唇に持っていく。彼の歯が親指の付け根のやわらかい部分にあたった。甘く荒々しい愛撫にララの体に衝撃が走り、長い間眠っていた炎を呼び覚ます。歯が残したくぼみに舌が伝い、彼女は息をするのを忘れてしまった。舌はゆっくりと、激しく脈打っている手首の内側へと向かった。

「このことを言っているんだ」彼はララを見つめたまま、深い声で言った。

彼女は手を振りほどこうとした。

「僕は最初からやり直したい」カーソンは手を離さない。その手は声と同じくやさしく、容赦なかった。「僕はゆっくり進みたかったが、君がそうさせてくれなかった。その後、君はどんなことをしてでも、僕を避けようとした」彼は手を離し、ララがさっと引っ込めるのを見て顔をしかめた。「一つ、取り引きといこうじゃないか、ララ。僕から逃げるのをやめれば、僕は君が歴史の研究のためにロッキング・Bを自由に使うのを止めない。その中には、僕が自宅に持っている書類や写真を調べることも含まれる」

つかの間、ララは黙って見つめることしかできなかった。研究のためにはぜひその家族の記録を見たかったのだが、カーソンに言い出せないでいた。彼の家にある写真は、お金に代えられないほど貴重な時代の記録だ。

ララはずっとそれらを見たいと思っていた。だが、ラリーは誰にも見せようとしなかった。ブラックリッジの血を引く最後の一人、認知しない娘にさえも。ララのように歴史を愛する者にとって、その宝を自由に見られるのは息も止まるような幸運だった。

カーソンはララの顔を見てにっこりした。「これなら効果があると思ったんだ。君はあの写真を見たくてたまらないんだろう?」

彼女はゆっくりうなずいた。本当のことだからだ。

「もう逃げないね?」

ほかにどうしようもなく、ララはまたうなずいた。

「四年前のことは繰り返さない」突き刺すような目でララを見すえ、カーソンは深い声で誓った。「同じ間違いはしない」

ララはどちらに驚いたかわからなかった――カーソンの誓いか、四年前に中断したところから始めようという意味に取れる言葉か。そこまで同意した覚えはない。もう二度とあんな無防備な姿をさらしたりはしない。考えただけで恐ろしい。

「カーソン、私は何もそこまで――」言葉が出なくなり、ララはなすすべもなく手を動かした。

「僕と寝ることまで?」カーソンがためらいもなく言った。日に焼けた顔にほほえみがひらめいた。「わかっている。ただ僕は、もう逃げても意味はないとわかっておいてほしいだけだ。あれは過去のことで、もう終わっている。何があってもそのままにしておくつもりだ」

「どうして?」ララは理解できなかった。四年近くカーソンとは連絡をとっていなかった。彼も連絡をとりたいとは思っていなかったようだ。それなのに今になって……いったいどういうつもりかしら?

つかの間、カーソンの表情がけわしくなった。彼が短気で頑固なのは誰もが知っている。怒りの表れだろうか。「さっきも言ったが、僕は間違いをおかした。言いたいのは、それだけだ。あれは過去の話で、僕は君と違って過去を振り返ったりはしない」

簡潔で有無を言わせぬ言葉だった。私が何を望もうがこの件はこれで終わりなのだ、とララはさとった。そして、彼女のためにゲートを開けるカーソンを見守った。

「写真を見たければ、僕は毎晩家にいる。夕食のあとなら、いつでもだいじょうぶだ」

カーソンと夜をともに過ごすかと思うと、衝撃のあまり言葉が飛び出した。

「ありがとう、でも、そんな必要はないわ。箱の場所さえ教えてくれれば取りに行くから」

彼がさっと顔を上げた。黒っぽい帽子の縁の下で、その目は琥珀(こはく)色のレンズを通して見た淡い緑のクリスタルのようだ。「もう逃げるのか？　そういう形で約束を守ろうというのか？」

ララは口を開いたが、言葉が出てこなかった。息をのみ、きつい口調で言った。「あなたと二人きりになるつもりはないの。だからといって、意外とは思わないでしょうけど」

つかの間、彼は目を閉じた。痛みか怒りのあまり、顔がこわばっている。目を開けたとき、そこには冷たさがあった。

「君を襲おうなんてまったく思ってない」カーソンはあっさりと言った。「さっきのは誘惑じゃなくて警告だ。僕はハンターだ。君が逃げれば追いかける──そして狙った獲物は逃がさない。君が逃げるのをやめたら追いつめたりはしない」彼の口元に冷たいほほえみが浮かんだ。「肩に力を入れなくていい。女友達がいなくて困っているわけじゃないんだ。君が心配しているなら言うがね。僕が近づいてもきびすを返して逃げたりしない女性ならたくさんいる」

こんなことばかげてる、どうかしてると思ったが、ララはカーソンがほかの女性といることを考えただけで胸が痛んだ。私のことは求めないのに、ほかの女性は求めるのだ。

それなのに彼は、私をほかの男性に気持ちが向かない女にした。

カーソンがほかの女性のことを口にしたとき、ララのまぶたがかすかに震えて本心をもらしたのを、彼は見逃さなかった。つかの間彼の顔に驚きの色が浮かんだが、やがて考え込むような表情になった。シャドウがゲートをくぐる間、彼はララのこわばった背中を見守った。彼が何も言えないでいると、ララはシャドウを走り出させた。ゲートのそばにいたカーソンには、牧草の香りと忍びやかに吹きすぎる風だけが残った。

ララは最後の皿をカウンターの上の古いプラスチックの水切りかごに置いた。七時だったが外はまだ明るく、ぬくもりも残っていた。ララは夏の明るさも冬の暗さもどちらも好きだった。どの季節にも特別な瞬間があり、独特の魅力があった。

手を拭(ふ)きながら、彼女は家の中が不自然に静かなのを気にせずにいられなかった。一人暮らしには慣れていたが、実家で一人でいるのにはなじめなかった。目の隅に祖父の姿が映るような気がする。古い足のせ台(オットマン)に脚を投げ出し、医者に禁じられたのに絶対にやめようとしなかったパイプの煙を顔のまわりにくゆらせている祖父の姿が。

祖父に二度と会えないという思いがあらためて胸にわき上がり、急に涙が込み上げてきたが、ララはこらえようとはしなかった。家に戻ってからしばらくはつらいだろうことは、最初からわかっていた。変えられない状況を受け入れるには、ときおり涙を流すのもいいことだ。覚えておきたいことはたくさんあるし、大切に記録しておきたい思い出も多い。牧場に戻ってきた理由の一つはそれだ――子ども時代のやさしい亡霊のささやきに耳を傾けるため。年月と変化と世代が、夏が秋に、冬が春になるように自然に新しいものへと姿を変えていった様子を語る声を聞くため。

一人かもしれないが孤独ではない。彼女は家族の歴史の、そしてこの州の歴史の一部なのだ。

着替えのために寝室へ向かうララの足取りが速くなった。ブラックリッジ家の古い記録を見ることを許された喜びが、午後じゅうずっと古い泉のように胸の奥で歌っていた。いったい何が見つかるだろう。その数時間だけは過去に暮らし、遠い昔に死んでしまった人の目でこの土地を眺め、別の人生を経験することになる。

ララの心に訴えかけるのは征服者や王の歴史ではなかった。働き、夢を見、泣き、笑い、愛し、子どもを産み、死んでいった普通の人々の暮らしだ。昔話として、そして形ある思い出の品として世代から世代へと受け継がれてきた彼らの遺産はその家族しか知らない。ララが見つけ出したいのはそういった人々であり、書きたいのは小さな歴史だ。誰も振り向かない小さな歴史が、王や征服者が活躍する土台となり、国の礎となったのだから。

「ここで突っ立って考え事にふけっていたら」ララはきびきびとした口調で自分に言い聞かせた。「今晩歴史を調べるチャンスを逃してしまうわ。ここは都会じゃない。住んでいる人は寝るのも早いし起きるのも早いんだから」その声は静かな家の中を漂い、もっと静かな大地に吸い込まれていった。「このままじゃ、話し相手に犬か猫が必要になりそう」

着替えながら、ララは悲しげに笑った。動物は好きだが、今住んでいるアパートメントはペット禁止だった。一度金魚を飼ったことがある。でも、何か違った。魚は生き物だがぬくもりがない。ざらざらした犬の舌や、膝に抱いた猫がごろごろ喉を鳴らす音とは比べものにならない。

しみのある古い鏡を見て、服のボタンもジッパーもきちんとしているのを確認した。牧場で制服のように着ているジーンズとブーツとコットンのブラウス以外のものを着たい気持ちもあった。それを押しとどめたのは、カーソンのためにドレスアップしたと彼に思われては困るという考えだ――しかし、本当はそうしたかった。彼とデートしていたころ、ララはまだ女というより少女だった。この四年間で変わった部分を強調するような服を着るのもいい。

今ならカーソンは拒まないかもしれない。服を脱がせたときも彼が目をそらさずにいてくれるような大人の女性になったのだから。

そう考えながらも、ララは恐怖の波に体が凍りつくのを感じた。もう二度と、服を着ている男性の前で一糸まとわぬ姿になったりはしない。もう二度と、男性の唇が胸に触れても歓(よろこ)びのあえぎをもらしたりはしない。自分をさらけ出しても歓びなどない。痛みだけなのだから。

ララは鏡から目をそらした。一度冷たく拒絶したものの価値をカーソンにわからせたいという、女の危険な虚栄心に驚いたからだ。

しかしララは、自分がカジュアルな服装でも女らしく見えることをわかっていなかった。あたりまえのように長年ジーンズをはいていたので、それが長い脚やそそるようなヒップの曲線やウエストの細さを強調することに気づいていなかった。青いコットンのブラウスはやわらかく、アイスブルーの影のように胸をぴったりとおおっている。赤くぽってりとした唇はユーモアと情熱を感じさせた。華やかな服装ではなくてもララの姿を見れば、男は曲線をたどりたくて、いても立ってもいられなくなるだろう。

ララはずいぶん前から自分にはブリーフケースやバッグよりバックパックがぴったりだと考えていた。リビングルームの戸口に紺色のバックパックがあった。その夜の調査に必要になりそうなものはもう詰めてある。ララはストラップに腕を通して背負い、外へ出てドアを閉めたが鍵はかけなかった。

夕暮れの太陽が大地を緑と金と赤みがかったブロンズ色に染め上げている。ララは大きいほうの谷にカーブしながら下りていくぬかるんだ道の端を歩いた。牧場まで車かシャドウに乗っていってもよかったが、気持ちのよい夕暮れの外出はぜひ自分の足で楽しみたかった。母が生きていたときの大事な思い出の一つが夕暮れの散歩だった。濃さを増す夜の闇の下で静まり返った大地をいっしょに歩いたものだ。

山あいの雷雨の獰猛な美しさを教えてくれたのも母だ。一人で外を歩いていた母が突然の雹の嵐で命を落としてからも、ララは、風が荒れくるい、目を閉じても稲光が見え、骨の髄にまで雷の轟音が響くときに外に出るのをやめなかった。

ブラックリッジの家に近づくにつれ、ララの足取りは重くなった。あの家には十八回行ったことがある。一人暮らしをするため出ていくまで、毎年クリスマスに一回ずつ。ララがラリーの私生児だったからではない。両親が牧場で働いたり住み込んだりしている子どもはみなロッキング・Bのクリスマスパーティに呼ばれた。サンタが――たいていシャイエンが枕やタオルを服に詰め込んで演じた――山の高いところから切り出してきた大きな木のそばで、歓声をあげている子どもたちにプレゼントを配ったものだ。

ツリーの隣に立っているローレンス・ブラックリッジを見て、それが自分の父親だと気づいたのがいつだったかララは覚えていなかった。覚えているのは、冷たい灰色の目とこわばった笑顔のシャロン・ブラックリッジを無意識のうちに避けていたことだ。

もう終わったことよ。ミセス・ブラックリッジは亡くなった。ドアをノックするときに彼女が出てこなければいいと祈る必要はもうない。だから落ち着いて。私はただの私生児じゃなくて一人の大人。ロッキング・B牧場の歴史を調べるためにここへ招かれた研究者よ。

アスファルトで舗装された円形の私道には牧場の乗り物が並んでいた。その中に、ララが知らないぴかぴかのコンバーティブルもあった。カーソンが乗りそうな車には見えない。ということは、焼き印を押したり家畜の出産を手伝ったり、冬に壊れた柵を直したりするために夏の間だけ雇われる臨時雇いの人のものだろうか。

ブラックリッジ家の牧場風家屋は建ってからまだ二十年しかたっていなかった。噂によると、子どもができないとわかった〝女王蜂〟――シャロンを慰めるために建てられたらしい。この立派な家は地元の石や木材を使って建てられていて、美しい景色とぴったり調和していた。ドアノッカーはさかさまにかけられた魔よけの蹄鉄だ。

最初にドアノッカーを鳴らしたとき、腰が引けていたせいかその音はララの耳にしか届かないぐらい小さかった。二度目に鳴らすと、金属特有の澄んだ音が家じゅうに響き渡った。ドアが開くのを待つ間、心臓が喉元までせり上がりそうに思えた。ここへ来たのは歴史の研究のためで、カーソン・ブラックリッジに会うためではない。ドアの向こうからヨランダのしわくちゃの大きな笑顔がのぞいたとき、ララはほっとするあまりめまいがした。

「おやまあ、ララ、お母さんよりずっときれいになって。お入りなさい。顔をよく見せてちょうだい」

ララは中に入り、老女を抱きしめた。ヨランダは祖父のお気に入りのトランプ仲間であり、いつも子どもたちにくれるおやつを持っている牧場の家政婦兼料理人だった。ララが覚えているかぎり、ヨランダは最初からこの牧場にいた。

「久しぶりね、ヨランダ。ちっとも年をとってないわ。秘訣は何？」

「あなたには若すぎてわかりませんよ」ヨランダはにっと笑い、三本の金歯を見せた。

「私も年をとらなくてはだめね」ララは笑った。

ヨランダはにっこりした。「夕食は?」

「すませたわ」

「一人で?　あの家で?」

ララはうなずいた。

感心しない様子でヨランダは首を振った。「これからはここでお食べなさい。一人で食べるのはよくないわ」

一瞬、ララは耳を疑った。夕食への誘いは、ここへ帰ってきてからのどんな出来事よりもミセス・ブラックリッジの死を痛感させた。シャロン・ブラックリッジがまだ生きていたら、ララが玄関ポーチで餓死しかけていたとしても夕食には招待してくれないだろう。

ヨランダは彼女の考えを見抜いたようにうなずいた。「ええ(シ)、あの女王蜂――ミセス・ブラックリッジが亡くなってから事情が変わったんです。この大きな家に住んでいるのは男一人きり。旦那(だんな)さまはきっとさびしいでしょうよ」

「今も中にいるの?」

「ええ(シ)。あなたが来たら書斎に連れてくるようにって言われてましてね。これでラ・ウエラを追い出せて万々歳ってものですよ。まるで驢馬(ろば)みたいに頑固なんだから」キッチンからブザーの音がした。ヨランダはスペイン語で何事かつぶやいた。「ケーキですよ。ちょうど焼けたんです」

「どうぞ行って。私は待ってるから」

ヨランダは白髪まじりの頭を振った。「書斎へお行きなさい」そしてララの体の向きを変え、廊下を指さした。「右側の部屋です。ほら、行って」

つかの間、ララは動けなかった。しかし覚悟を決めて深呼吸し、バックパックを背負った肩をそびやかしてリビングルームを突っ切った。

書斎のドアの前に来た。軽くノックすると、カーソンがうなるように〝どうぞ〟と応じるのが聞こえた。ドアを大きく押し開け、一歩踏み込む。だが、ララはそこで凍りついてしまった。

カーソンのシャツはウエストまではだけていて、黒い胸毛があらわになっている。部屋の明かりが彼の金色の目に小さな炎を灯し、胸のたくましい筋肉を浮き上がらせていた。手でうなじを撫でているのは疲労で、あるいは欲望で固くなった筋肉をもみほぐすためだろうか。

今になってようやくララは、〝ラ・ウエラ〟が金髪女性のことだと思い出した。まさにそこにいる女性がそうだ。背が高くセクシーな体つきの赤みがかったブロンドの女性が、唇を突き出し、マニキュアをした手をカーソンに伸ばしている。シルクのブラウスはほとんどボタンがはずれ、締めつける下着のない胸のふくらみをのぞかせていた。カーソンは自分に差し出されたなめらかな体を見下ろし、けわしい口元に軽蔑するような笑みを浮かべている。

「なんの用だ、ヨランダ?」カーソンは目を閉じてうなじを撫でた。「牧童の呼び出しか?」

ララは返事ができなかった。シャツのボタンをはずしたカーソンを見て、何年も胸の奥に押し込めてきた官能の記憶がどっとよみがえった――カーソンの温かくたくましい手で服を脱がされ、胸を唇で愛撫され、体を燃やし尽くす甘い炎で死んでしまいそうだと思ったときの記憶が。

でも、彼女は死ななかった。炎の中では。一糸まとわぬ姿のララを見てカーソンがぞっとしたように顔を背けたとき、彼女は凍えて死にそうな気がした。

あのときと同じように、彼は今もこの金髪女性から顔を背けたのだろうか?

ララは女性のむき出しの胸とつややかな唇を見た。彼女は拒絶されるとは思っていないようだ。彼の顔に快楽のほほえみを浮かべさせる手段を心得ているらしい。声にならない声がララの喉からもれた。

カーソンはまぶたを開けて振り向き、戸口に立っているララを見た。彼女の目はうつろで、手は何かを押しのけるように上がっている。

「ご……ごめんなさい」ララは口ごもった。「ヨランダに言われて……書斎に行くようにって……」

「気にしないでくれ」彼はそっけなく言った。「スザンナは僕がさびしいんじゃないかと思って寄ってくれたんだ。僕はさびしくないからもう帰るところさ」カーソンはうなじを撫でた。「コーヒーはどうだ？」スザンナのことは無視して、デスクの上のトレイを身ぶりで示す。

「私がやるわ、ダーリン」スザンナが爪先立ちになり、カーソンの肩をもみほぐそうとした。

カーソンがスザンナの手をいらだたしそうに引き離すのが見え、ララは顔を背けた。

「あの……明日でもいいんだけど……」気持ちが落ち着かないうちはちゃんとしゃべれそうにない。ララはくるりと背を向けてリビングルームに取って返した。途中でカーソンが呼んでいるのが聞こえたが、足を止めようともしなかった。リビングルームに入ると、ヨランダがキッチンから飛び出してきた。

「もうお帰りで？」

「カーソンが……来客中だから」

ララの青ざめた顔を見て、ヨランダは自分が書斎のドアを開ければよかったと思った。

「まったく、あのラ・ウエラときたら！　また彼を追っかけまわしてるんですね？」

「追いかけてたわ。それで、つかまえたみたい」

ヨランダはドアを開けようとするララとしばらくもみあったが、結局引き留めるのをあきらめた。「宿舎に行くといいですよ。牧童たちはみんなあなたと話したがってます。今夜、そう言ってましたよ。さあ、行ってください」

ドアから外へ出た瞬間、カーソンがまた彼女の名前を呼ぶのが聞こえた。ララは振り返らなかった。

「くそっ」カーソンは顔をしかめて廊下に立ち尽くした。はだけたシャツが玄関のドアから吹き込む風にはためいている。

「あの娘が出ていったのはあたりまえですよ」ヨランダはドアを閉め、両手を上げた。「そんなことじゃ、奥さんを見つけるのは無理です、旦那さま」

カーソンはヨランダに向き直った。「いったいなんの話――」

「あたしは年はとってるが、耳は聞こえるし頭もまわります。ずっと前に、ラリーさまと奥さまが言いあってるのを聞いたんですよ。ラリーさまは自分の血を引く孫に牧場を継いでほしいと言っておられた。それには、ララ・チャンドラーを旦那さまの妻にするしかないでしょう。みんなそれを望んでます」

「ララにそう言ったのか?」カーソンの声は低く、危険な響きに満ちていた。

「あたしはそんなことを言うほどばかじゃありません。あの娘に知ってることを言ったりはしませんよ。女心は義務だからとか当然だからとか言われて動くものじゃない。動かせるのは愛情だけです」ヨランダは肩をすくめた。「ゆっくりことを進めて、甘い言葉でもささやいてあげるんですね。それから、あのラ・ウエラはすぐに追い出すこと！」

唇が引きつったかと思うと、カーソンは頭をのけぞらせて笑い出した。ヨランダは彼をにらみ続けようとしたが、だめだった。彼女も頭を振って笑い出した。ヨランダはシャロンといっしょに彼を育て上げた。彼はヨランダを思いどおりに動かすこつを心得ているのだ。

「わかったよ、甘い言葉でもささやいてこよう」カーソンはにっこりした。しかしそのほほえみは消え、表情は岩山のように厳しくなった。「だが、ララにはラリーの最後の言葉は絶対に言わないでほしい。いいね？　僕は本気だ」

ヨランダはカーソンを見つめ、ゆっくりとうなずいた。もしよけいなことを言えば、彼の怒りは何をもってしても避けられない。そういうところは養父にそっくりだ。

「カーソン？」書斎の戸口から二階の寝室に続く階段に向かった。

「帰ってくれ」カーソンは二階の寝室に続く階段に向かった。

「私たち、今夜は――」

「だめだ」きっぱりした口調だった。「七カ月前に終わったと言ったはずだ。町にいる銀行員のボーイフレンドのところに戻るんだな」彼は声をあげた。「ヨランダ、ララはどんなケーキが好きだった？」

「チョコレート・ケーキです」

「一つ焼いてくれ」

「今キッチンのカウンターで冷ましてますよ！」

「まさに天の助けだ」カーソンは肩越しに振り返ってヨランダにウインクした。

ヨランダの厳しい視線に見守られながら、スザンナはコンバーティブルに乗り込み、ものすごいスピードで私道から出ていった。

カーソンはスザンナが怒って出ていったことに気づかなかった。窓際に立ち、宿舎へ向かうララを見つめていた。ウエストまではだけたシャツを見たときのララの驚いた顔を思い出し、彼は最初の一手で勝利を確信したチェスプレイヤーのようにほほえんだ。低く口笛を吹きながら頬の不精髭（ひげ）に触れ、ララの輝くような肌には痛すぎると思って剃（そ）りに行った。

一時間待とう。二時間でもいい。それからあとを追おう。ララをつかまえることを思うと口元にはゆっくりとほほえみが浮かび、体に熱いものが走った。四年前手放したのは間違いだった。以来、ずっと彼女を求めてきた。

今度こそララを、そしてロッキング・Bを手に入れてやる。

3

ララが宿舎の階段に立っているのを見て、ウィリーのやせた顔に笑みが浮かんだ。

「さあ、入って、入って！　あんたが今日来るのか明日来るのか、みんなで話してたところだ」

彼女の笑顔はどこか陰があり、頬は赤らんでいたが誰も気づかなかった。ありがたい、とララは思った。カーソンのむき出しの胸を見たときの自分の反応にもショックを受けたが、宿舎に向かいながら突然怒りが込み上げてきたのにも驚いていた。

ブラックリッジ家に伝わる写真を見に来いと言っておきながら、私の目の前で安っぽいブロンド女性といちゃつくなんてどういうつもり？

そんな言葉が頭の中にこだましていたが、よく考えればそんなことをたずねる権利はララにはなかった。そもそも、カーソンに今夜行くとは言っていなかった。いつ行くか――行くかどうかさえ――言わずにゲートのところで彼に背を向けたから。それに、カーソンが書斎の中であの女性を追いかけまわしたとしても、私には関係ない。それに……それに……。

ウエストまでシャツをはだけ、疲れたようにうなじを撫でていたカーソンの姿を思い出すと、ララの思いは乱れた。カーソンに拒絶されてから、彼女は男性に尻込みするようになった。男性の前で一糸まとわぬ姿になり、肌に触れられると思っただけで怖かった。かつては愛を交わすのは美しいことだと考えていたが、カーソンのせいで、痛みを伴うもの、口に出せないほどいかがわしいものだと思い込んでしまった。自分を差し出したのに拒否され、燃えるような恥ずかしさを覚えたあのときの記憶は、思いがけないときによみがえって彼女を凍りつかせた。

「マーチソンのことは覚えてるだろう？」ウィリーがたずねた。

「もちろんよ。久しぶりね」ララはジム・ボブとダスティにも挨拶した。「シャドウの馬具の手入れをしてもらったお礼は誰に言えばいいかしら？」

「そりゃ、カーソンだよ。やつはあんたが戻ってくるって聞いて、あの古い家を掃除させたんだ。シャドウをつかまえて走らせてやったのもカーソンさ」

ララは口を開いたが、言葉が出てこなかった。カーソンがわざわざ自分のために何かしてくれたなんて信じられない。祖父の葬儀でもほとんど話しかけもしなかったのに。もちろん正確に言えば、ララが彼に何か言うチャンスを与えなかったのだ。カーソンがお悔やみを述べようとしたときも、決して彼に目をやろうとしなかった。新しい車椅子に座ったラリーは、命を落とす原因となった発作のせいで弱って見えた。シャロンは葬儀にはいなかった。数週間前に亡くなっていたからだ。

ララは無意識のうちに頭を振って、祖父の葬儀と自分を娘だと認めようとしない父の病んだ姿を振り払った。二人とも、自分が愛した土地と牧場で活気に満ちた実りの多い人生を送った。ララが嘆いたり後悔したりする理由は何もない。

彼女が現在と過去の間でぼんやりしているのにも気づかず、ウィリーは牧童を全員紹介した。十二人というと、彼女が覚えているかぎりでは今まででいちばん多い。この数年、カーソンのリーダーシップのもとで牧場は順調だった。ラリーは病気のためしかたなく、教育の行き届いた頭のいい養子に牧場経営をまかせていた。

ロッキング・B牧場の宿舎に寝泊まりしている男たちには、若い者もいれば年とった者もいた。季節ごとに人が動く牧場ではよくあることだ。牧童はたいてい西部の農場や牧場の出身だったが、東部の都会から来て、牛や羊が草をはむような、人の少ない環境に腰を落ち着ける者もいた。ウィリーのように、子どものころから知っている女性以外には声もかけられないはにかみ屋の男たちは独身を貫いた。マーチソンのように離婚した者もいる。〝スパー〟と呼ばれるハンサムな男をはじめとする若者たちは、男を見ても恥ずかしがらず、かつ誓いや指輪などの面倒なことを言い出すこともない女を選んでつきあった。

ララはこちらをじっと見つめている顔をもう一度見まわした。男たちのうしろにはクッションのきいた椅子と使い込まれたカードテーブルがあり、ゲームの参加者が座っていた場所にすりきれたトランプが伏せて置いてあった。

「お邪魔したみたいね。どうぞ続けて。私はウィリーとちょっと話をしたいだけなの」

みな口々にララの気づかいを断り、スパーが立ち上がってテレビを消した。「邪魔だなんて、とんでもない」向き直ってララに笑顔を見せる。「ウィリーから君のことを聞いたけど、君がどんなにきれいかってことはなぜか教えてくれなかったよ」

ララはふっとほほえんだ。スパーのように無意識のうちに女性に魅力を振りまかずにいられない男性がいるのは知っている。特定の女性を目あてにやっていることではない。

「あなたは、その方面ではずいぶんやり手のようね」これでスパーも彼女が〝その方面〟に縁のない女だとわかっただろう。

その場にいた男たちの肩から力が抜け、スパーのやり手ぶりをからかい始めた。気を悪くした様子もなく、スパーは笑った。「それが君の研究内容なのかい――西部の〝その方面〟が？」

彼女は笑顔で首を振った。「そんなに華やかなものじゃないわ。ロッキング・B牧場の歴史を調べているの」

「おれが生まれる前なんだろうな」スパーが言った。「君だって生まれてないころのことだろう」

「だからこそ興味があるのよ」スパーが手助けを申し出る間もなく、ララはバックパックを肩から下ろした。そしていちばん大きなポケットのジッパーを開けながら目を上げた。

「本当にお邪魔じゃない？」ララは年配の牧童のほうを見てたずねた。

「とんでもない」ジム・ボブは白髪まじりの頭を撫でた。「長年同じやつらとゲームをやってきたものだから、見る前に捨て札がわかるようになった。これじゃあ、楽しくもなんともない。若いきれいなレディとしゃべるほうがずっといいさ」

「そう、そんなレディを見つけたら教えて。そして、遠慮なく会いに行ってちょうだいね」バックパックのポケットを探りながら、ララはつぶやいた。

男たちは笑い、互いに肘でつついた。ウィリーは、自慢の娘を見る父親のような顔つきだ。

「私が調べている歴史は」ララはボイスレコーダーを取り出した。「正式なものじゃないの。誰が大統領だったときの話だとか、そういう情報は必要ないわ。いちばん聞きたいのはロッキング・Bで起きたことや人々の話。おじいさんが聞かせてくれた話とか、みんなが友達や子どもや孫に語り継ぐような話を聞きたいの」

ララは目を上げて順々に男たちの顔を見つめた。彼らにとっては些細（ささい）なことに思える記憶がなぜ彼女にとって大事なのか、それをわかってほしかった。

「ロッキング・Bの古きよき日々は終わったわ。それはあなたがたの記憶の中にだけ生きている。生まれてからずっとここにいる人は、若いころ年上の牧童といっしょに働いたわよね。そういう人たちも同じ。その人たちも若いころは、牧場の年配の牧童からいろいろな話を聞いて学んだと思うの」

年配の男たちはゆっくりとうなずき、半世紀前の若かりしころを、そして前世紀の変わり目に若かった男たちの話に耳を傾けたときのことを思い起こした。

「ある意味では宿舎に暮らす仲間は家族同然で、世代から世代へと言い伝えを受け継いでいるわ。少なくとも、昔はそうだった」ララはテレビに顔をしかめてみせた。「牧場で働く人にとっては物語を語りあうのがいちばんの楽しみだったのよ。でも、そういう時代は終わったわ。そんな物語が忘れ去られる前に集めたいの。ロッキング・Bでの昔の暮らしがどんなだったかをいろいろな人に知ってほしいの」

昔は女たらしで鳴らしたジム・ボブが顎をゆっくり撫でた。「そのなかにはもちろん女の話も入ってるんだろう？　全部が全部お上品な話じゃない。もちろん、おれが直接かかわってたわけじゃないぞ」ジム・ボブはあわてて言った。「だが、たしかにいくつか話を聞いたことはあるな」

ララはほほえみを押し殺した。「もしこのボイスレコーダーが顔を赤くしたり気絶したりしたら、投げ捨ててもっとじょうぶなのを買うって約束する」

ジム・ボブはぷっと吹き出した。

「ロッキング・Bに住んでいた人は聖人じゃないわ」ララはあたりまえのことのように言った。「私だって聖人じゃない。お上品な歴史を知りたいわけじゃないの。私がいないときに、あなたがたが話しているそのままの話が聞きたい。口に出して言うのが恥ずかしい話なら紙に書いてくれてもいいわ。どちらにしても、ぜひとも話をしてほしいの。女相手に話すのが恥ずかしいからという理由で、おもしろい話や悲しい話、人間くさい話を死なせないでほしいの」

ジム・ボブはまだ心もとない顔つきだった。「ずいぶんきわどい話もあるがね」

ララは笑みを浮かべ、落ち着いた口調で言った。「あなたが言っているのがじゃじゃ馬アニーと宿舎の火事の話とか、私の曾祖父がよその人の〝鞍〟に乗っているところを見つかって町から裸で逃げ帰ってきた夜の話なら――」年配の牧童たちの笑い声がはじけ、彼女の言葉はかき消された。「私はここで育ったのよ。念のために言っておくけれど、私が生まれて初めて調査することになった歴史は、ファイアホール川の向こうに住んでいる、モンタナじゅうの売春宿で働いてきたという九十歳の独身のおばあさんの話だったわ。あれ以来、私はたいていのことでは驚かなくなったの」

「それはきっと、〝こちょこちょリズ〟だ」ウィリーがつぶやいた。

「あなたによろしくと言ってたわよ」ララはすかさず言った。

仲間にはやし立てられ、ウィリーは髪の根元まで真っ赤になった。やがて自分も笑い出したが、その目には思い出にひたるような表情が浮かんでいた。神さまがなぜ男と女の体を違うふうに作られたのか、その理由を教えてくれた笑顔をたやさない年上の女性の思い出に。

それからは一同の舌はほぐれた。今夜は昔話や思い出を一つの方向に持っていくことはやめておこう、とララは思った。それはあとのことだ。そのときが来たら、彼らのいちばん古い記憶を引き出すつもりだった。話した本人ですら驚くほどすらすらと答えが返ってくるだろう。人間の脳というのはすばらしい働きをするものだ。

「……で、このぶちの雌馬ってのが、牧童みたいにコーヒーを一杯飲まないと歩き出さないやつだったんだ」マーチソンは言葉を止め、たばこに火をつけた。「ところが、新入りのパーキンスは雌馬がコーヒーが好きだってことを信じなかった。仲間が自分をからかってると思ったんだな。ある日、朝食のあといざ鞍をつけて歩かせたら、馬は三メートルぐらいで道の真ん中に座り込んだ。ひどい話さ。でんと座って、どうにかしてみろって顔をしてるんだ。パーキンスは蹴ったり怒鳴ったりしたが、馬はいっこうに動かないで目玉をじろりと向けるだけだった」

「結局、パーキンスはどうしたんだい？」スパーがにやにやしてたずねた。

「やつが音をあげるころには、炊事車はとっくに山の向こうに行ってた」マーチソンは煙をふうっと吹き出しながら続けた。「で、パーキンスは午前中の半分を使って歩いて炊事車を追っかけ、あとの半分でコーヒーが入ったバケツをぎょろ目の雌馬に持って帰ってきてやったんだ」

「馬は歩いたのかい？」

「いや」

「どうして？　やっぱりかつがれてたんだな？」

「違う。馬はクリーム入りのコーヒーじゃないと飲まなかったんだ。最後に誰かがパーキンスを見かけたとき、やつは乳牛に縄をかけようと走りまわってたよ。運がよければ、今でも、子牛が乳離れしたころになるとやつの姿が見えるそうだ」

男たちの笑いさざめく声に、ララの笑い声が加わった。彼女は、牧童から馬の話を聞くのが好きだった。牧童の暮らしは、大きくて愛情深く、時として語りぐさになるほどわがままなこの動物と深く結びついているからだ。

「荒くれブルーのことを聞いたことはあるかい？」ダスティが言った。

ララは首を振ったが、その名はどことなく聞き覚えがあった。

「ずっとずっと昔、最初のブラックリッジが南峠からこの谷に入ってきたころにいた、でっかい雄馬さ。ネイティブ・アメリカンたちがその野生馬をつかまえようとしたが、風をつかまえようとするようなものだった。そこでいちばんいい雌馬を何頭か放して、あの黒の糟毛（かすげ）の子どもを産ませようとした。おかげで、これまでモンタナの草を食べたどの馬より見事なアパルーサが生まれたよ」

ダスティの口調はゆっくりとして、ためらいがちといってもよかった。ロッキング・Bで生まれた彼はもう七十歳を超えている。ララは言葉と沈黙に耳を傾け、心の中で物語をふくらませた。馬が自由に走りまわり、荒っぽさにかけては野生馬に劣らない男たちがそれを追いまわした時代がよみがえる。

物語は大河に流れ込む小川のように次から次へとまじりあい、時をさかのぼっていった。最後に、話は家畜を駆り集めたあとのにぎやかな祭りへと流れていった。家畜をつかまえ、焼き印を押し、角を切り、春に生まれた子牛を去勢するという重労働のあとの憂さ晴らしだ。夜が明けても終わらないスクエアダンス。こっそり二人きりで抜け出て、秘密に顔を赤らめて戻ってくるカップル。

このときまで昔話に置き去りにされていたスパーが、ダンスの話を聞いて顔を輝かせた。たきつけられたウィリーがバイオリンを取り出し、古いダンス曲を驚くほど巧みな指さばきで弾き始める。スパーは知っている曲に合わせて歌い出し、その歌詞に合った生き生きとしたリズミカルなステップを見せた。

「これは〝月を越えて、山をぐるりと〟っていうステップなんだ」

ララは目をみはった。スクエアダンスの専門家ではないが、足がむずむずするような気がした。牧童たちに彼女のほうから楽しいひとときを提供するのもいいかもしれない。

「〝月を越えて、山をぐるりと〟ね」ララはまじめな口調で言った。「ずいぶん激しい踊りみたいね」

「難しくはないよ」スパーが言った。「さあ、教えてあげよう」

彼が両手を差し出した。ララは一瞬ためらったが、両手を上げて歩み出た。いっしょに並ぶと、スパーがカーソンと同じぐらい背が高く、たくましいのがわかった。若いカウボーイの目は鮮やかな青だ。

「いいかい？」

「どうかしら。でも、やってみるわ」

スパーがウインクした。「それでこそ、君らしい。右足から始めるよ」

ララはすなおに右足を前に出した。そのとたん、足が宙に浮き、子どものように体が放(ほう)り上げられ、肩の高さでくるりと一まわりした。彼女は驚いて叫び声をあげ、暴れ馬につかまるようにスパーにしがみついた。スパーは笑って彼女をそっと床に下ろし、ほほえみかけた。

「これが〝月を越えて、山をぐるりと〟だ。気に入った？」

「あの――」

「じゃあ、もう一回」

「スパー！」

遅かった。言い終わらないうちに足は床を離れていた。今度はスパーはさっきより高くララを放り上げ、さっきより近くで受け止めて二度彼女の体をまわした。牧童たちは足を踏みならし、手をたたき、やじり、ウィリーのバイオリンに合わせて自分たちもいくつかステップを踏んでみせた。間もなくララも笑い出し、ようやくスパーが床に下ろしてくれたときには息が切れ、めまいがして相手にしがみつかないと立ち上がれないほどだった。

いきなり部屋が静まり返った。ララは目にかかった髪を払いのけて顔を上げた。宿舎の入口からすぐのところにカーソンが立っている。表情はけわしく、目は夕暮れのあとの冬の空のような冷たさだ。ジーンズのウエストに親指をひっかけてさりげなく戸枠にもたれかかっていたが、そんな落ち着いたそぶりでは怒気はとても隠しきれていなかった。

「いったい今何時だと思ってるんだ?」二月の風のような冷えきった声だ。

「十一時ぐらいかな」スパーが答えた。「どうしてです?」

「明日は忙しい」カーソンはぴしゃりと言った。けわしい目つきでララをにらみつける。

「都会暮らしで夜明けの時間を忘れたのか?　牧童には仕事があるんだ。寝不足でふらふらしていたんじゃ、仕事にならない」

「ごめんなさい。時間を忘れてしまって」ララはそそくさとボイスレコーダーを止め、バックパックに入れた。「もう二度としないわ」

「そうしてくれ」カーソンは戸枠から離れ、ララのほうに近づいてきて手を差し出した。

「バックパックは僕が運ぶ」

「ちょっと待ってくれ」スパーがバックパックに荷物を詰め込むララの手をつかんだ。「夕食のあと夜明けまで何をするかは、おれたちが自分で責任を持てばいいことなんだ。きみの仕事を手伝いたいと思ったら、手伝ってもかまわないはずだ！」

さっきまで静かだった部屋がさらに冷たく静まり返った。年配の牧童たちは息を詰めて、カーソンの爆発を待ち受けた。カーソンを知っている者は、スパーはその場でくびになると思った。しかし彼は若者に目を向けただけだった。スパーは大変なことになったと気づいたが、自分の言葉を取り消すつもりはないようだった。カウボーイのしるしである、男としてのプライドがあったからだ。

「いいのよ、スパー」ララがあわてて言った。「カーソンの言うとおり、私がいけなかった――」

カーソンの身ぶりを見て、ララは言葉を切った。彼女は唇を噛んだ。どうしてカーソンはこんなに怒っているのだろう。知っているかぎりでは、明日は特別な仕事は何もない。

「こんないいかげんな〝調査〟なんて聞いたこともない」カーソンは冷たく言い放った。「男をひっかけるのが研究テーマだとしたら別だが。そうなのか？」ララの右手をじろりと見た。

ふと気づくと、ララが荷物を片づけて出ていかないようにスパーが右手の手首を握ったままだ。彼女はその手をそっとほどいた。

「なるほどな。そうやって宿舎をまわって若い牧童をつかまえ、甘い顔して熱くさせてやって金を集めるというわけか。結構な稼ぎになるだろうな。簡単な女だと思われるのを気にしなければ」

　肌に食い込むようなカーソンの皮肉を聞いて、ララはさっきの怒りがどっとよみがえるのを感じた。

「簡単な女、ね」ララは言い返した。勢いよくバックパックを背負い、ストラップの下になった髪をさっと引き抜く。「そうね、あなたならだらしない女性のことはよく知っているでしょうね。さっきあなたの服を脱がそうとしてたブロンドがいい見本だわ」カーソンに歩み寄るララの言葉には軽蔑(けいべつ)がにじみ出ていた。「経験豊かなあなたに言っておくけど、もしあんなお手軽な女性とつきあっていなければ、女は最初に出会った男性とベッドに行きたがってるなんて勘違いはしないでしょうね！」

　通りすぎようとしたララの腕を、カーソンがさっとつかんだ。顔を寄せ、ララにだけ聞こえる声でささやいた。

「何年か前、自分を差し出したのは誰か、そして拒絶したのは誰かを忘れているみたいだな」その声は低く、冷たかった。

　冷ややかに澄んだ彼の目を見上げ、ララは体の中が凍えていくような気がした。恥ずかしさが身を貫き、氷の刃（やいば）となって魂まで切り裂いた。

隠せない恥ずかしさ。むき出しの恥ずかしさ。

何も変わっていない。数年前と同じように、今も私はカーソンに対して無力だ。そう思うと、死にそうなほど苦しかった。

「ひどい人」屈辱に震えながら、ララは吐き出すように言った。「ひどい人！」

ララは彼の脇（わき）をすり抜け、そのまま外へ飛び出した。一度、そしてあせったようにもう一度、カーソンが彼女の名前を呼ぶ声がした。まるで怒り以外の何かに突き動かされたかのように。ララは歩みをゆるめもしなかった。

カーソンが入口に駆け寄ったとき見えたのは、ブラックリッジの家とチャンドラーの家を結ぶ道に消えていくララのブラウスの白っぽい影だけだった。カーソンは背後の静まり返った宿舎の中に動きを感じた。彼はさっと腕を突き出した。労働で硬くなった長い指が、彼を押しのけてララのあとを追おうとしたスパーの腕をがっちりとつかまえた。

カーソンはスパーを宿舎の階段の下に引きずり下ろし、誰にも聞こえないように裏手にまわった。

「一度だけ教えてやる。いいか、一度だけだぞ。聞いてるか？」

スパーは口を開いて何か言いかけたが、敵意に満ちたカーソンの目が月光に冷たく輝いているのを見て、危ない橋は渡るまいと思い直した。

「おまえはこの谷では新入りだ。ブラックリッジ家とチャンドラー家のことは何も知らない。わざわざそれをおまえに教える時間もない。だが、これだけは覚えておけ――ララ・チャンドラーは僕のものだ。わかったな?」

スパーはたじろいだが、やがてうなずいた。

「よし。よく覚えておくんだ」

「忘れたら、くびかい?」スパーの声には好奇心と負けん気がにじみ出ていた。

カーソンは冷たく笑った。「いや、違う。たたきのめしてやる。おまえは仕事ができる。きつい酒が飲めるかどうかという年ごろのわりにはいい腕をしている。だが、できる牧童ならほかにもいる。ララ・チャンドラーは一人しかいない」

スパーは口を開きかけてやめ、皮肉っぽく笑った。「あんたは評判どおりの人だ。厳しいけど公平だよ。一つ言っておくが、ララがもしちらりとでも誘惑するようなそぶりを見せていたら、おれはあんたにけんかを売っていただろう。彼女のためならそれができる。でも、あの娘はそんなそぶりは全然見せなかった」スパーは肩をすくめた。「彼女はあんたのものだよ。まあ、せいぜいがんばるといい。男の前でものおじしないタイプでとてもいい娘だけど、目の見えないやつにもわかるぐらいそこらじゅうにノーって書いてある」

スパーはそれ以上何も言わなかったが、ララの〝ノー〟が、長身の厳しい顔つきのロッキング・B牧場のボスに対するものでもあると思っているのがありありとわかった。

背を向けて家に戻りながら、カーソンも同じことを考えた。女性といっしょにいる彼を目にしてララがひるんだときは簡単に思えたのだ。はだけたシャツを一目見て、彼女の目には記憶が燃え上がった。まさに彼が望んでいたとおりに。

予想していなかったのは、ララがいきなり逃げ出したことだ。スザンナが来る前、彼はララが今夜来ることを予想して準備していた。シャツの前をはだけて親密さを演出し、ララに二人で分かちあった官能のひとときを思い出させようとした。そして、頭痛がするなら肩をもんであげるというララの申し出を受けるつもりだった。ララの両手はすばらしい。あんなふうに痛みをほぐしてくれる人はいない。

カーソンはひそかに毒づいた。四年前もそうだが、もちろん今夜の宿舎でもララを傷つけるつもりはなかった。四年もあれば彼のことを忘れ去るにはじゅうぶんなのではないかと危ぶんでいた――彼がほかの女といっしょにいると思い込んだララの目に嫉妬(しっと)がひらめくまでは。これだけの時間があれば、あのとき彼女がカーソンに差し出したものを喜んで受け取ろうとする男の一人や二人は見つけられただろう。カーソンが父との確執に気を取られすぎていて受け取れなかった贈り物を。

ララのぬくもりと甘い肌をほかの男が味わったかと思うと、カーソンは我知らず痛いほど歯を食いしばった。ララに背を向け、傷つけたあげく、彼自身の人生をこれほど複雑にしてしまったとは、なんという愚か者だったのだろう。しかし今はそのあやまちを繰り返さないほか、できることは何もない。ララに愛の快楽を手ほどきする最初の男になれなかったのはくやしかった。きっと一生後悔するだろう。この数年、ほかの男があのすばらしい体に触れたかと考えると眠れなくなることが何度もあった。彼が拒絶したときのララのとまどい、痛み、そして耐えがたいほどの恥ずかしさを思うとひどく苦しかった。

今夜のララはあのときと同じに見えた。驚き、傷つき、魂にも届くほど恥じ入っていた。血の気のない青ざめた顔と憑かれたような目は、ナイフのようにカーソンに突き刺さり、切り刻んだ。ララが彼に対してまだあれほど無防備だと思うと、カーソンは希望と恐怖を同時に感じた――きっとララを妻にすることができるという希望と、あまりにも傷ついたのでララは二度と信用してくれないのではないかという恐怖だ。

〝ひどい人!〟

汚れた青いピックアップ・トラックに向かって歩くカーソンの頭にその言葉がこだました。車に乗り込み、ドアをたたきつけるように閉めると、未舗装の道をすごい勢いで走り出す。今夜、あんなことをしなければよかった。頰を赤らめているララとスパーを一目見て頭に血が上ってしまったのだ。その場であの若い牧童に殴りかからないでいるのが精いっぱいだった。

ふいに思いついて、カーソンはヘッドライトの向きを高くした。暗闇の中にララのブラウスが白く浮き上がるかもしれない。しかし、柵のそばで草を食べていた牛の目が二つ不気味に光ったほかは何も見えなかった。

はやる気持ちにせかされてはいたが、カーソンはスピードを落としたままララを捜した。こんな短時間で家までたどり着いたとは思えないが、月光のあふれる白っぽい牧場の道に彼女の影はなかった。無意識のうちに彼は車を止め、チャンドラー家のゲートを開けて車を通し、また降りてゲートを閉めた。そのとき木が土をこする音を聞きつけ、ゲートを直さないといけない、と思った。今からこんな状態では、夏が終わるころにはゲートが開けられなくなっているだろう。

そのころまで彼女がまだ牧場にいればの話だが。

そう考えて、カーソンはまた毒づいた。ララはきっといる。それ以外は考えられない。たとえララが彼と口をきくことすらいやがったとしても、ロッキング・Bに誘い出しさえすれば、そばにいる時間の長さがいずれ彼女の心を動かすだろう。カーソンは彼女が冷たい人間でないことを知っていた。それどころか正反対だ。少なくとも、彼女の母親と同じぐらい快活で情熱的だ。

カーソンは顔をしかめた。父ラリーの愛人のことは考えたくない。子どものころからベッキー・チャンドラーとその私生児は敵だと思っていた。母のシャロンと同じく彼も、ラリーが夫としても父としても失格だったのはチャンドラー家の人間のせいだと思っていた。何年もたってから――ララをこっぴどく傷つけたあと――カーソンは父があんなふうになったのは父自身の落ち度であり、正式な自分の家族を愛せなかったにもかかわらず父が愛した青い目の情熱的な女性の責任ではないことに気づいた。

カーソンにとって過去は痛みとあやまち、幻滅と破れた夢でしかない。過去はなんの魅力もない。実の両親のことは知らないし、養子にしてくれた両親は、子どもを愛して育てたいから彼を引き取ったわけではなかった。カーソンには、過去から連綿とつながる歴史、彼をしっかりと家族につなぎ止める歴史はない。

しかし、未来ならある。未来は自分のものだ。それは自分の手で勝ち取ったものであり、過去の人々がおかしたあやまちのせいで奪い取られるのは許さない。

4

こうこうと輝く月明かりを頼りに、ララは牧草の茂る丘を急ぎ足で上った。丘をまわるように道がついているものの、ララはそこを通らずにロッキング・B牧場の北東の牧草地を突っ切っていくことにした。それがチャンドラーの家までの近道なのだが、まだ帰るつもりはなかった。家にはまっさきにカーソンが捜しに来るだろう。彼が追いかけてくることは疑いようがない。例の約束と警告を無視して、彼女は逃げ出したのだから。

丘を上っていると、〝お手軽な女性〟のことでカーソンが言った皮肉がどっと頭によみがえり、ララの足取りが速くなった。カーソンにお手軽な女だと思われたのも無理はない。かつてなんのためらいもなく自分を差し出したときも、彼に頼まれてそうしたわけではなかった。カーソンに拒絶されたあの夜のショックはまだ彼女をおののかせ、動揺させ、恥じ入らせた。

丘の頂上はほぼ平らで牧草が茂っていた。かすかに吹く風が下の谷の音を運んでくる。丘のふもとにあるロッキング・B牧場の家の窓から、溶けた金のように輝く明かりがもれていた。裏口のドアがばたんと閉まり、懐中電灯の明かりが動き出して、誰かが外を歩いているのがわかった。空気が澄みきっているので、まるでこっちに向かって歩いてくるように見える。

ララは息を詰めたが、すぐにあれはカーソンのはずがないと自分に言い聞かせた。先ほど彼のピックアップ・トラックが牧場の道を走り、チャンドラーの家に向かうのが聞こえたのだ。眼下の懐中電灯の光が消え、小さいコテージの明かりがつくのを見て、ララはヨランダが仕事を終え自分の家に引き上げたのだとわかった。

しばらくは自分の鼓動さえ聞こえるほど静かだった。やがて、ララの体に震えが走った。祖父が昔言っていたが、誰かが自分の墓の上を歩いているような感じだ。

寒いわけではなかったが、彼女はバックパックを肩から下ろし、ウインドブレーカーを着て座った。膝を顎に引き寄せ、ロッキング・Bを見下ろしながら、山の夜の美しく底知れぬ静けさを縫って漂ってくる声に耳を澄ました。

昔は、ラリー・ブラックリッジに娘と認めてもらい、あの大きな家の、誰もが認める大家族の一員になりたいと思っていた。

ララの口元に悲しげなほほえみが浮かんだ。あのころは幼かった。幼すぎてみずからの夢から自分を守ることすらできなかった。ブラックリッジ夫人が、母亡き子のララを娘と思うどころか、敵であり、夫の不貞の象徴であるととらえていることに気づきもしなかった。家族の一員になりたいという夢は、カーソン・ブラックリッジを遠くから見るのがいちばんの楽しみという引っ込み思案なティーンエイジャーになるまで頑として消えようとしなかった。

いつ見てもカーソンはすてきだった。初めて会ったときから、彼はほかの人とは違っていた。カーソンから初めてクリスマスプレゼントを手渡されたのは十三歳のときだ。彼は二十二歳。牧童の子どもたちが集まるロッキング・Bのクリスマスの集いにカーソンが顔を出したのは、それが初めてだった。

十三歳と幼かったララも、カーソンと父親とのぎくしゃくした関係を感じ取っていた。彼がいやいやプレゼントを配っているのは誰にきかなくてもわかった。ほかの人は気づかなかったかもしれないが、カーソンの反発は、部屋を飾っている常緑樹の香りのようにはっきりしていた。

なぜカーソン・ブラックリッジを見た瞬間に反応してしまうのか、ララは知ろうともしなかった。それは空の色と同じように単純な事実だった。カーソンを意識しなかったことがないので、意識することを不思議とも思わなかった。幼い心のすべてで、ララは彼を遠くからあがめた。すぐに、カーソンに対して敏感な彼女はさとった。彼は、母親を嵐で亡くしたばかりのやせっぽちの青い目の私生児にはなんの興味も持っていない、と。彼はそんなララに気づいていたようだった。それは間違いない。彼女がロッキング・Bにいるときに、カーソンが顔を出さなかったのは偶然ではなかったはずだ。

それから時がたち、十八歳になったララが大学が始まる前の夏に町のカフェで働き始めたとき、カーソンは彼女に気づいていたことを認めた。ララに目を留めただけでなく、近づいてきた。彼女が働く店に週に何度か立ち寄るようになり、来るたびに口説こうとした。とうとう彼にデートに誘われたときは夢がかなったと思ったのに……。

「おっと！」カーソンがさっと足を引き、何も落ちないうちにトレイを受け止めた。

「すみません」ララは恥ずかしさのあまり、頬が真っ赤になるのを感じた。

「僕のせいだ」彼はにっこりした。「このブースに座るには大きすぎるんだ。だから通路にはみ出てしまって」

ララは思わず、あぶみのあとのついたカウボーイブーツから伸びる長い脚を見た。色あせたジーンズにぴったりと包まれた筋肉質の脚を。彼を目にするといつも胸が早鐘を打つ。妙に気弱になりぎこちなくなってしまう。店内の自分の受け持ちエリアにカーソンが座っているのを見つけ、あまりのショックに彼の膝に食事をぶちまけそうになってしまったのだ。カーソンは、まるで夏の日差しに目を細めて草原で休む山猫のようにゆったりと落ち着いていて男らしい。彼の目はピューマにも似ていた。澄みきった琥珀（こはく）色の奥に深い緑がきらめいている。

「あなたが悪いんじゃないわ……この席が小さすぎるんです」

何も考えずに、ララは言った。自分の言葉を聞くと、とんでもない間抜けのような気がしてまた顔が真っ赤になった。ララは地元の女の子たちの噂を耳にしていた。カーソンは大勢の女性に追いかけまわされているけれどつかまることはほとんどなく、つかまったとしてもほんの短い間だけだ、と。

「ケチャップ、いります？」彼女はあわててそう言うと、大きなハンバーガーとフライドポテトをカーソンの前に置いた。

「ありがとう。でも、君がさっき持ってきてくれた分でじゅうぶん足りると思うよ」

カーソンの長いまつげから視線を引き離すと、ララはテーブルの上にすでにケチャップがあることに気づいた。もう彼のほうは見ずにテーブルを離れた。

そのあと三回、彼が店に来たときもまた同じだった――突然顔がほてり、気が弱くなり、動作はぎこちなくなって、舌は暴走してしまったのだ。ララは何度も自分に言い聞かせた。ばかなことを考えてはだめ、彼は私を追いかけているわけじゃない、追いかけるわけがない、と。カーソンの養父とララの母の関係を、彼がどう思っているかは誰もが知っていた。何より、モンタナでいちばん結婚したい独身男の一人と言われるカーソンは、彼の気を引こうとロッキング・Bにやってくる洗練された経験豊かな女性たちの中から誰でも選べる立場だ。まともに口もきけず真っ赤になっているだけのティーンエイジャーを追いかけまわす理由がない。

カーソンの専用席とララが考えるようになったブースから、彼が五度目に自分のほうを見ていたとき、その視線の強さに彼女は心臓がひっくり返るかと思った。

「やあ、リトル・フォックス」カーソンはそう言って差し出したメニューを置くと、指先で彼女の右手を撫(な)でた。「やけどは治った？」

からかうように愛称で呼ばれ、やさしく触れられて、ララはどうしようもなく真っ赤になった。この前カフェに来たとき、彼は言ったのだ。君は薄明かりの中の狐(フォックス)に似ている——黒っぽくて、警戒心が強くて、謎(なぞ)めいていて、とてもやわらかそうだ、と。

ララは自分の指に目を落とし、数週間前にやけどをしたことをようやく思い出した。

「ええ、ありがとう」右手がまた燃えているように思えたが、それはカーソンにさっとやさしく触れられたからだ。「いつものですか？」

「そうだ。でも、違う」

ララはにっこりし、メニューにない注文をするのだろうと思った。カーソンは特別な注文が通る数少ない常連客の一人だ。カフェのオーナーはヨランダの弟だった。カーソンがほしいと言ったものはなんでも出てきた。ブラックリッジ家は昔からヨランダの家族にはよくしてきた。子どもたちを大学へやり、商売を始めるのを手助けした。

「ステーキとフライドポテト、ブルーチーズのドレッシングをかけたサラダを頼む」

これは先ほどのカーソンの言葉の中でも〝そうだ〟に属するほうだろう。ララは伝票から目を上げ、〝違う〟ほうを待った。

「それからデザートに、土曜の夜の牧場主のダンスパーティに君にパートナーとして来てほしい」カーソンは静かに言った。

もう少しで彼の言葉を伝票に書きつけそうになったとき、ララはやっと意味を理解した。彼女はさっと顔を上げ、青い目を驚きに見開いた。

「なんですって?」自分の耳が信じられなかった。

「足を踏まれる心配はしなくていいよ。君をしっかり抱き上げるから」彼の目にはユーモアが光っていた。そのダンスパーティは参加者が多く、人でごったがえすときさえあるのは誰でも知っていた。

「あの……ぜひ行きたいんだけど……」続きを言いたくなくて、ララは目を閉じた。

「だけど?」カーソンがやさしくうながした。じっと見つめるまなざしは、彼女の希望も落胆もどちらも読み取っていた。

「仕事があるの」みじめな声で、ララは言った。

「仕事が終わるのは何時だい?」

「十時」

「じゃあ、十時半にアパートメントに迎えに行くよ」

ララはじっとカーソンを見つめた。やがて繊細な磁器が内側から輝くように、ほほえんだ。「ありがとう、カーソン。楽しみにしてるわ」

彼は一瞬ためらい、ほほえみを返した。「僕もだ」

カーソンの口調をなぜおかしいと思ったのか、ララがその理由に気づいたのはあとになってからだ。彼はまるで自分がデートを楽しみにしていることに気づいて驚いているようだった。でも、そんなはずはない。いっしょに出かけたいと思わないなら、そもそもダンスに誘う理由などないはずだ。

土曜日の夜、彼女は仕事を早めに切り上げてアパートメントへと急いだ。シャワーを浴び、髪を洗って乾かし、烏(からす)の羽のようにつややかになるまでブラッシングした。少しレイヤーの入ったスタイリッシュな髪型で、きめの細かい肌を髪が黒い額縁のようにゆったりとやわらかく取り巻いている。黒髪を背景にすると、青い目が宝石みたいな強さと輝きを持っているように見える。化粧は自然の顔色を隠さずに引き立てる程度に抑え、月光のようにほのかな淡さの香水をまとった。

ララはクローゼットの前で、こんなときにぴったりのドレスがあればいいのにと思った。結局選んだのは数週間前のセールで買った白のシルクのブラウスと、髪と同じく黒の、足首を隠す長さのたっぷりしたスカートだった。ウエストには南アメリカのカウボーイ、ガウチョを思わせるスタイルで深紅のサッシュを結び、その鮮やかな色をエナメルのイヤリングとそろいのブレスレットにも使った。

ララは顔をしかめて鏡の中の自分を見た。もっと年上か、スタイル抜群か、ウエストまでの金髪か、あるいは華やかなブランド物のドレスだったらよかったのに。それなら、カーソンにきらびやかでセクシーな女性と比べられるのを心配しなくてすむのに。

「カーソンがダンスに誘ったのはそういうきらびやかなタイプじゃないわ」ララは声に出して自分に言い聞かせた。「彼が誘ったのは私よ」

ドアを開けたとき、カーソンの顔に浮かんだ驚きと、それに続くほれぼれするような目つきを見て、ララはまた快感の波が押し寄せるのを感じた。

「リトル・フォックス」つややかな髪から、ヒールの高いエナメル革のサンダルの先からのぞく黒いストッキングに包まれた爪先まで眺めながら、彼はつぶやいた。「今夜君を狼(おおかみ)たちの中に連れ出すのがいやになった。ひとり占めしておきたい気分だ」

本心からの言葉に、ララはリラックスして笑みを浮かべた。「ありがとう」もうデートへの不安はなくなった。そして深く考えもせずに、言葉が口をついて出た。「ピューマは狼のことなんかなんとも思わないものよ」

カーソンはまた驚いた様子だった。口元にほほえみが浮かぶ。「僕のことをそんなふうに思っているんだね？　ピューマだと」

カーソンをちらりと盗み見すると、ララの正直な言葉に彼が気分を害したのではなくおもしろがっているのがわかった。「そうよ」彼女は小さな黒いバッグを取り上げた。「強くて、男らしい優雅さがあるわ。あなたの目もそう」ララは笑みを浮かべて彼から視線をそらした。「でも、目のことをほめる女なんてあきあきしているでしょうね」

カーソンはふたたびララに驚かされた。とっくの昔に女性の言葉に驚かなくなっていたにもかかわらず。彼はいきなり笑い出し、ララの手を取って脇に引き寄せた。

「君は驚くかもしれないが、デート相手に目のことを言われたことは一度もない」

ララはびっくりした様子だった。「そうだったのね。私はいつものように口をつぐんでいたほうがいいみたい」

「それは、僕が唇でふさいだときだけにしてくれ」カーソンはララの一歩先を行って、車のドアを開けた。振り向くと、言葉の意味を理解したララが真っ赤になるのが見えた。カーソンは笑い、指先の裏で彼女のほてった頬を撫でた。「リトル・フォックス、君はからかいがいがあるよ。頬を赤らめることのできる女性がまだいるとは驚きだ」

ララはうめき声をあげ、両手で顔を隠そうとした。その手をカーソンはそっとどけた。

「隠さなくていい」そして赤く染まった頬と唇の隅にキスした。

「私のこと、子どもだと思っているんでしょう」髭のあとがシルクのブラシのように敏感にこするのを感じ、ララは身を震わせた。

「暑い夏の日の小川みたいだと思っているんだ――澄みきっていて甘くて、どうしても手を伸ばさずにいられない」

ララは、セクシーで謎めいた女と思われるほうがいいと思ったが、なんとか自分を押しとどめ、何も言わなかった。そして顔を隠すのをやめて、おぼつかなげにほほえんだ。カーソンも笑みを返した。ララがこれまで見たこともないようなほほえみだった。彼が身をかがめてそっと唇にキスしたとき、ララは思わずはっとした。

「早く乗って」深みのある声が響いた。「ここで一晩じゅうキスしたくならないうちに」

ララは赤くなった唇をかすかに開き、ふっとため息をついた。彼にキスされることを思うと胸がときめいたが、危険な気もした。

カーソンはララの一瞬の反応を読み取るように目を細めたが、身動きする前に彼女は車に乗り込んでしまった。ドアを閉めながら、彼は吐き出すように毒づいた。体を貫いた熱に驚いたからだ。

ダンスパーティの会場は組合のビルだった。会場は優美さには欠けるが、その代わりぬくもりと笑いにあふれていた。誰もが顔見知りで、バンドは年配者の好みも若者の好みもよく知っていた。カーソンとララが着いたころには年配のカップルはほとんど帰宅していて、フロアは三十歳以下のカップルで活気に満ちていた。

カーソンは小さいテーブルを見つけ、ララのコーラと自分のビールを持ってきた。そして椅子を引き寄せて、ララの隣に座った。

「驚きの一夜に」彼は笑い、自分のグラスをララのグラスにあてた。

ララは恥ずかしそうにほほえむと、コーラを一口飲んだ。アルコールが入っていないことに気づいて、安堵のため息をつく。アルコールの味が苦手で、好みをたずねもせずに強い飲み物を持ってくるデート相手にうんざりしていたからだ。

「ありがとう」

カーソンの濃い眉が問いかけるように上がった。

「雄牛も倒れるような飲み物を渡さないでくれて」

男らしく低い笑い声が愛撫のようにララを包み込んだ。一瞬置いて、彼女も笑い出した。

「高校生のうちにそういう小細工は卒業したんだ」彼は首を振って言った。

「男の人はみんな見習うべきだわ」

「アルコールが嫌いなのかい？」

「いいえ。アルコールのほうが私を嫌っているみたい。まず額がしびれて、めまいがして、気持ちが悪くなるの」

ララは出し抜けに口をつぐんだ。これではまるで六歳児みたいだ。カーソンは頭を振って笑いをこらえていたが、とうとう自分を抑えられなくなったらしい。頭を振り上げ、まわりの人が振り向いてほほえみを浮かべずにいられないような笑い声をあげた。その笑いはララにも伝わった。彼女は恥ずかしさも忘れ、カーソンといっしょに笑った。彼をほほえませ、深みのある笑い声を聞き、その顔からけわしいしわが消える様子を見るのがこんなに楽しいなんて。

たくましい長い指で、彼がララの手をそっと握りしめた。「君は想像と全然違うな」

カーソンのぬくもりと力強さが快感の波となってララの腕を駆け上った。ようやく息ができるようになってから、ララはたずねた。「どんな女だと思ってたの？」

その言葉が口から出たとたん、ララは舌を噛みたくなった。普通なら家族といっしょに暮らしている年ごろなのに一人でアパートメントに住んでいる私生児のことを彼がどんな女だと思っているか、ララにはよくわかった。残念なことに祖父には車を買う余裕がなかったので、牧場から町の仕事に通うことはできなかった。仕事をしなければ、秋に大学の授業料や書籍代を払えない。狭いアパートメントであることと、大家が祖父の古い友人だったおかげで家賃は少なくてすんだ。さびしい暮らしだが、教育を受けるためならしかたない。

「答えなくていいわ」ララはあわてて言って、カーソンから目をそらした。「あなたがどう思っていたかわかるから。悪いけど、私は噂で言われているような女じゃないの。失礼だからと思って我慢していっしょにいてくれなくていいのよ。いつでも家に帰してくれていいの」

「明日の朝になってもいいかな？」

その軽い言い方に、ララはショックを受けた。さっとカーソンに顔を向けたので、黒髪がシルクのようにたゆたった。ララは先ほどカーソンをピューマになぞらえたが、今このとき、彼はまさにピューマに見えた。今まさに飛びかかろうとしているたくましい体。獲物の反応を読み取ろうとしている、金色に光る目。

苦い失望が胸にわき上がってララから色彩を奪い、生き生きとしていたさっきまでの彼女の薄い影だけが残った。カーソンは私といっしょにいたいわけではないのだ――本当の意味では。ただ私とベッドに行きたいだけ……。ララは口を開き、男性とベッドをともにするつもりはないと言おうとした。たとえ昔からずっとあこがれていた相手でも。唇は動いたが、言葉が出てこなかった。

「事実無根というわけだ」じっとララを見つめながら、カーソンは言った。

「そうよ」ようやく声を取り戻し、彼女はつぶやいた。彼の手から指を抜き取り、椅子を押した。「ごめんなさい。私に何を求めているか正直に言ってくれて助かったわ。覚悟しておかなければいけなかったんだろうけど、あまり……経験がないからわからなくて」ララの唇が震え、声はとぎれた。話そうとしたが、できなかった。「さよなら、カーソン」その声はあまりにかぼそく、ほとんど聞き取れないほどだった。

ララはきびすを返し、ダンスフロアを囲んでいる人込みを縫って歩き出した。バンドは挑発的でエロティックなリズムのバラードを演奏し、カップルたちはひしと抱きあって体を揺らしていた。人込みを抜けたちょうどそのとき、ララはカーソンに手首をつかまれ、引っ張られた。

「カーソン、私は――」

「何も言わなくていい、リトル・フォックス」彼の腕の中に引き寄せられ、ララの抗議の声はとぎれた。

「でも私、あなたとは――」

「わかってる」カーソンはララの言葉をさえぎり、やさしく唇にキスした。彼の手は黒髪の上をすべり下り、なだめるように背筋を撫でた。「いっしょに踊ってくれ」

カーソンといっしょにいたいという思いと、彼女自身が望む以上のものを求められたらどうしようという恐怖に引き裂かれ、ララはためらった。

「目を上げて」そう言って、カーソンは彼女の両手を取って自分の首のうしろにあてがった。

薄暗いダンスフロアで、ララの目は夜明けの薄明かりのように謎めいていた。

「無理なことを押しつける気はない。君が望む以上のものを要求するつもりもない。いいね？」

「でも、あなたはいつも――」欲望のおもむくままに女性とつきあうことに慣れている。あたりさわりのない言い方でそう言おうとして、ララは口をつぐんだ。

カーソンの口元にほほえみが浮かび、彼女は爪先までぬくもりを感じた。「それは僕の問題で、君の問題じゃない。君は僕がいつも相手にしている女性たちとは違うタイプだ。その違いを楽しませてほしい。いいね？」

「わかったわ」ララはそっと言った。

カーソンの腕に力が入り、ララは体を引き寄せられたが、閉じ込められたような気持ちにはならなかった。彼の手がなめらかな髪を撫で、胸に頭をもたせかけるように無言でうながしている。ララはすなおに従い、彼の首にまわした腕に力を込めた。息を吸うたびに、ぬくもりと石鹸とさっぱりしたシトラス系のアフターシェーブ・ローションがまじりあった、うっとりするような男らしい独特の香りがする。ララは自然に彼のゆっくりした動きに合わせた。カーソンの腕の中にしっくりとおさまった彼女は、まるで彼に抱かれるために生まれてきたかのようだった。

そのあとララをアパートメントまで送ったときも、カーソンは彼女の唇を軽くかすめ、指先で頬を撫でる以上のことは何もしなかった。次のデートもその次のデートも同じだった。話をし、笑い、踊っているうちに数週間が過ぎた。別れぎわにカーソンがアパートメントの中に入ってくることは一度もなかったし、ロッキング・Bにララを連れ帰ることもなかった。

カーソンがプレッシャーをかけてこないことを、ララは最初はうれしく思った。彼が自分を求めていることは疑っていなかった。経験は少なかったが、目が見えないわけではないからだ。別れぎわ、カーソンは彼女を腕に引き寄せ、そっとキスし、抱きしめ、それからまたキスを繰り返してようやく離れる。そのとき彼の体が変化するのはなぜなのか、ララにはわかっていた。

別れを重ねるごとに、ララは物足りなくなっていった。

カーソンが初めて自制心を失いそうになったのは三カ月もたってからのことだ。山へピクニックに行った二人は、夏の嵐に追い立てられてララのアパートメントに逃げ込んだ。ララはリビングルームの床にピクニックの食事を広げ、家具や電気を使うのはやめようと言い張った。二人は床に座り、日が暮れるとキャンプ用ランタンを灯して青々とした草原にいる気分にひたった。

二人はいつものように話し、笑いあったが、時を刻むごとに彼女はカーソンに魅せられていった。カーソンの吸う息が、体の動きが、肌に触れる指先が、ララを震わせ、彼のことを意識させた。その一瞬一瞬が、別れのときが迫っていることを意味していた。そのときが来ればカーソンは私にやさしくキスし、抱きしめ、離れるだろう。今日はそんなふうに終わりたくない。それ以上のものがほしい。

カーソンも行儀のいいキス以上のものを望んでいるようだった。ランタンの明かりに熱く輝く金色の目に、ララの口や手、胸のふくらみをさまよう視線に、彼女はそれを感じた。

帰る時間になると彼は立ち上がり、ララを戸口まで引っ張っていった。いつものようにキスし、抱きしめ、またキスした。ララがかすかに唇を開き、無言のうちに要求するのを見て、カーソンはうめき声に似た声をもらした。ランタンのちらつく明かりのもとで、彼の目は明かりそのもののように金色に燃えていた。

「カーソン？」

「リトル・フォックス」カーソンはささやいた。「舌を触れあうキスはいやかい？」

ほかの男性にそういう濃密なキスを迫られたときは好きになれなかったが、カーソンとそこまで親密になれるかと思うと、ララの体に興奮の震えが走った。彼女は爪先立ちになってカーソンの首に腕をまわした。体が持ち上げられ、顔と顔が近づく。カーソンはためらわずに唇を重ねた。熱い舌が触れたとき、ララは身を震わせ、喉の奥から声をもらした。彼にまわした腕の力を強め、口と口とを溶けあわせようとするかのように唇を開く。ララが舌を動かすと、カーソンはいきなり唇を離し、彼女の体を下ろした。

「私……何かいけないことをした？」

なかば笑い、なかばうめきながらカーソンはララをぎゅっと抱きしめた。「とんでもない。それどころか」彼は自制心を取り戻そうとするように言った。「君のせいで体じゅうが燃えるようだ」

ララの息が止まり、欲望のきざし始めた青い目で彼を見上げた。

「それでいいの？」ララはささやいた。「あなたはそれで――」

カーソンが頭を近づけ、ララの唇を奪ったので言葉はそこでとぎれた。彼が長い指を黒髪にからめて頭をうしろに引いたせいで、ララの胸はカーソンの胸板にぴったりとくっついた。同時に彼の手がララのヒップにすべり下り、腿の間へと引き寄せてスラックスを張りつめさせている熱い部分に押しつける。彼の舌はたくましい体と同じ官能のリズムで動いた。ララも本能的に同じリズムで舌と体を動かした。

彼の体が離れたとき、ララは頭がもうろうとして全身が震えた。これまで知らなかった大胆さを感じていた。両手で胸のふくらみを撫でられ、敏感な先端を探られると、ララの口からうめきにも似たため息がもれた。

自分の愛撫がララを喜ばせているかどうか、カーソンはたずねなくてもわかった。彼女の目はなかば閉じられ、唇は開いている。胸の先端は硬くなって薄いコットンのブラウスを押し上げていた。

カーソンは硬くなった頂をやさしく巧みに愛撫した。肌に空気があたるのを感じたとき、ようやくララはブラウスのボタンがはずされ、ブラジャーもずらされていることに気づいた。胸にじかに触れられて彼女はうめいた。そっと先端をつままれると、爪先まで衝撃が走った。

「カーソン？」

そのかすれ声は愛撫と同じぐらいなまめかしかった。それはカーソンの自制心を失わせ、欲望を燃え立たせ、彼を焼き尽くした。彼は片手で自分のシャツのボタンをはずした。筋肉をおおう胸毛がベルトの下へと続くさまを見て、ララの目が丸くなる。

「君の胸を直接感じたい。肌が触れあう様子を見たい。怖いかい？」

ララがゆっくりと首を振ると、カーソンの腕がララの背にまわり、やさしく胸へと引き寄せる。そして小さく体を揺らし、敏感になった肌を愛撫した。彼女はかすかに声をあげた。ゆっくりと目を閉じ、頭をのけぞらせて、胸と胸がこすれあううっとりするような繊細な感覚に身をまかせる。快感が波となって押し寄せ、息が浅くなり、頭がぼうっとした。もう立っていられなくてとぎれとぎれに彼の名を呼んだ。

「なんだい？」彼の深く力強い声が返ってきた。

「不思議な気持ちよ」カーソンにピンク色の先端をつままれ、ララの言葉はとぎれた。膝から力が抜け、彼に寄りかかった。「カーソン――」

カーソンはララを支えながら床に横たえた。「いいんだ、リトル・フォックス」そして彼女の耳に唇を触れ、そっと噛んだ。ララは身震いした。「だいじょうぶだ」なだめるように言うと、彼はやさしくブラウスとブラジャーを脱がせ、先端がばら色に染まった美しい乳房をあらわにした。

ララは彼の息づかいを感じてまぶたを開けた。ララの胸を見つめる彼の目には、全身の力を奪うような激しい賞賛の色があった。横たわっていなければ彼女は膝からくずおれていただろう。

「怖かったら言ってくれ」カーソンは彼女の上に身をかがめた。「やめるから」

その言葉の意味を問う前に、胸にあったカーソンの手が唇に取って代わった。そのキスがあまりに甘く熱かったので、ララは叫びそうになり、体を弓なりにそらした。ぬくもりに満ちた舌で探るように愛撫され、先端はさらに硬くなった。荒れくるう快楽で息は乱れ、速くなる。無意識のうちにララはカーソンの髪に指を差し入れ、彼の頭を胸に押しつけた。

炎がララの体を焼き尽くし、警戒心は消え失せた。感じたこともない欲望が泡立ち、荒荒しいほど感覚が鋭くなる。カーソンが頭を上げて濡れて硬くなった胸の頂を眺めたとき、ララはもう一度その唇に愛撫してほしくて彼に手を伸ばした。

「カーソン」かすれた声で彼女は言った。

「もっとほしいかい？」

そう言いながら、カーソンは胸の蕾に唇を寄せて強く吸った。ララはとぎれとぎれに声をもらし、彼の唇の動きに合わせるように腰を動かした。カーソンの左手はもう片方の胸を愛撫し、指先で先端を転がして、ララの全身に快楽の波を送り込んだ。彼女は目を閉じて胸を突き出した。

快楽があらゆる理性を、抑制を押し流してしまった。いつ服を全部脱がされたのかも気がつかなかった。ただ一つわかっているのは、彼のたくましい手がおなかの上を、腿をすべり下り、足の付け根に触れたことだ。閉じた腿にそっと触れられたとき、ララは欲望に突き動かされて何も考えずに動き、体を開いた。

次の瞬間、カーソンの指は奥に隠された熱くうずく泉を見つけた。その指が入口を探し、ついに中にすべり込んだとき、驚きと思いがけない快感でララは目を見開いた。彼の顔が見えた——張りつめた面持ちだったが、口元は自分を制するように引き結ばれている。ララを見るその目には欲望が燃えていた。

そのとき、まるで情熱が苦痛に取って代わられたかのように、カーソンの表情が変化した。彼はゆっくりとララの体から手を離した。

「カーソン」ララは手を伸ばして彼のけわしい口元をさわろうとした。「いいのよ。怖くなんかない。やめないで。あなたのこと、ずっと愛していたの」

彼は目を閉じ、激しく身を震わせた。そして荒々しく立ち上がった。しばらくララを見下ろしていたが、やがて冷たい声で言った。「君はまさにあの母親の娘だ。だが、僕はあの父の息子じゃない。小娘を利用するのは僕のやり方じゃない。ほかの方法を見つけて、父に復讐(ふくしゅう)してやる」

その思い出の苦さに、ララの喉元に吐き気が込み上げてきた。これほどはっきりとあのときのことを思い出したのは初めてだ。一糸まとわぬ無防備な姿の自分と、鎧のように軽蔑を身にまとった彼。愛しあいたくてたまらない自分と、いとも簡単に自分をコントロールする彼。震える声で告げた愛の言葉と、ララの出自を思い出させる彼の冷酷な言葉。

ララは生まれてからずっと、州でも一、二を争う大牧場主の私生児だと心ない噂の的になってきた。しかし、彼女を打ちのめしたのはカーソンの拒絶だった。なんとか乗り越えたが、そのせいで男性とつきあえなくなってしまった。またあんなふうに触れられるかと思うだけで、体が冷たくなるのだ。

夢の中でだけ、ララはもう一度女になり、愛する男の腕に抱かれた。

5

　ララは暗い丘の上に座っていた。膝を胸につけ、見るともなく下の明かりに目をやり、黒い稲妻のような過去を心によみがえらせながら。冷たくきっぱりとカーソンに拒絶された夜の記憶に涙は出なかった。あのときララは彼の名を呼んだが、答えたのはドアを閉めて出ていく音だけだった。彼女は一度だけ泣き、二度と泣かなかった。恥ずかしさが涙を消し去ったからだ。

「あんなふうに傷つけるつもりはなかった」

　つかの間、ララはその声を彼女の願望のなせるわざかと思った。カーソンがあのときのことを釈明してくれるのを、ララは望んでいた。彼女が愛したのに、どうして彼はまったく愛してくれなかったのか、その理由をききたいと思っていた。

　しかし、その声は過去のまぼろしではなかった。声はすぐそばから聞こえ、そこにはカーソン・ブラックリッジの姿があった。ララは彼から目をそらし、底知れぬモンタナの夜の闇(やみ)を見つめた。

「僕から逃げないでくれ、リトル・フォックス」カーソンがそっと言った。「今夜、君を傷つけたならあやまる。スパーといっしょにいる君を見て、嫉妬のあまり我を忘れたんだ」

ララがさっと振り向くと、カーソンが伸ばしていた手に髪があたった。彼があやまるのを初めて聞いた。今まで一度も聞いたことがなかったのに。

「嫉妬？　違うんじゃない？」ようやく、ララはそう言った。「好きな相手がいるのなら、ほかの女の人と半裸で夜を過ごしたりしないわ。それとも、スザンナにも手の込んだ復讐をしていたわけ？」

月夜の薄明かりの下で、カーソンが急に目を細め、唇を引き結ぶのが見えた。

「スザンナを牧場に招待したわけじゃない。君が出ていってすぐ追い返した。彼女がはずしたのは自分のボタンだけだ。僕のシャツは――」カーソンは肩をすくめた。「僕はたいてい牧場では一人だ。その時間の半分はシャツを着ないで過ごしている。君が驚くとは思わなかったんだ。君の興味を引くとは思ったが」彼はにやりとした。「まさか、驚くとはね」

官能的で皮肉めいた笑顔を見て、ララは何かが永い眠りから覚めようとしているようなざわめきを感じた。ララはその感触が怖かった。

「興味を引く、ですって？」

「実際、引いたみたいだな。君の目が手だったなら、僕の体じゅうに手形が残っただろう」

「とんでもない。私はスザンナじゃないわ」

「どうかな。君は、僕がほかの女性といっしょにいるのが気に入らなかった。それは見てわかったよ」

その声は落ち着いていて、からかっているようには聞こえなかった。

「私はセックスのことを考えるのが嫌いなだけ」ララの声はカーソンのように落ち着いてはいなかった。「私は――」声が揺らいだ。彼女は息をのんだ。「あれを見て、とてもいやな気持ちになったの」

カーソンの唇が怒りに引き結ばれた。「信じられないな」

ララは肩をすくめた。「本当のことよ。私はセックスが嫌いなの。それだけ」

「四年前は違ったはずだ」

「人間は変わるわ」

「理由なしには変わらない」

彼女はまた肩をすくめた。緊張しすぎて全身が痛い。セックスのことなど話したくもないし、考えたくもない。どんな言葉も思いも四年前の身も凍るような恥ずかしさをよみがえらせるからだ。

カーソンはララを見つめ、さっき宿舎で昔のことを言ったときに彼女の顔に浮かんだのと同じ恥ずかしさを読み取った。カーソンはまた、シャツをはだけたまま前に立ちはだかったときのララの反応も覚えていた。しかし、いちばん頭に残っているのはそっとてのひらを噛んだときの反応だ。どんなに抵抗しようとも、ララは彼の前では無防備だ。カーソンはそれを知っていた。証明することだってできる。

実際、そうするつもりだった。

「今朝触れたとき、君は震えたね。あれはセックスを毛嫌いする女性の反応じゃない」カーソンはきっぱりと言った。

「怖かったのよ」

「ということは、僕に反応していたんだな」

ララは、カーソンの官能的な愛撫のしるしがまだ残っているかのようにてのひらを見た。喉が詰まり、息が苦しくなった。

「あなたは短気で有名よね。今朝、あなたは私に腹を立てた。あなたは私よりずっと強いわ。それに、逃げないようわざわざ警告した。それで……怖くなったの」

「ひどい誤解だ」

それ以上何も言わず、カーソンがたくましい手でララの腕をつかんだ。近づいてくる彼の肩が月をさえぎる。抗議する間もなくララは仰向けに倒され、彼の顔を見つめていた。

月の光と夜の暗さでカーソンの表情は読み取れない。唇が開き、白い歯がきらめくのを見て、彼が恋人のようにキスするつもりだとわかった。まさに夢の――そして悪夢の瞬間だ。彼はキスし、私はそれに応えるだろう。彼はまた私を夢中にさせて、魂を引き裂き、痛み以外は何も残さずに去るだろう。それを繰り返すことはできない。どうしてもできない。

ララの唇を唇でかすめたとき、カーソンは彼女が体を硬くしたのがわかった。唇の震えるぬくもりを感じ、さわやかな息を味わったとき、記憶がどっとよみがえった。かつて彼のキスに応じたララの無邪気さほど、甘いものはなかった。彼女が今も無垢だとは思わない。彼女のように生まれながらに官能的な女性は、何もかも経験したからこそセックスが嫌いになったのだろう。本当にいやけがさしたなら、の話だが。四年前に愛を交わそうとしたときに進んで身を差し出した彼女が、あれほどの快楽をもたらすものを簡単にあきらめるはずがない。

あのときどれほど父親を憎んでいたとしても、ララに背を向けたのは間違っていた。

「リトル・フォックス」カーソンは彼女の口元でささやいた。「僕は――」

言葉は、身をよじってキスから逃れようとするララの押し殺した泣き声に消えてしまった。カーソンは反射的にララの体を押さえ込もうとしたが、ララの恐怖を強めただけだった。

彼はすぐにキスをあきらめた。体の重みでララを地面に釘づけにした。足で足を、手で手を押さえ、ララからたたかう力を奪う。

「ララ」カーソンは真剣な声で呼びかけた。「だいじょうぶだ。君を傷つけたりはしない。ララ！　聞いてくれ！　怖がらなくていい！」

一瞬、ララが恐怖のあまり耳を貸さないのではないかと思えた。やがてその体が震え、ぐったりするのがわかった。カーソンはごろりと横に転がった。ララをこの胸に抱き、安心させたい。何より、体を寄せたときに彼女の顔に浮かんだ恐怖の記憶をぬぐい去ってやりたい。

「ララ」彼は胸のうずくようなやさしさを込めて青白い頬に触れた。「驚かせるつもりはなかったんだ」

ララは、月光のもとで黒く見える目を見開き、思いつめたようにカーソンを見たかと思うと、顔を背けた。彼は深く息を吸い、彼女にこんな仕打ちをした男に怒りをぶちまけたいのを我慢して穏やかな声を保とうとした。何回か深呼吸して、やっと話を続けられるようになった。

「誰なんだ、その男は？」自制しようとするあまり、声が震えた。

ララは息をのんだ。カーソンに触れられて自分でも怖いほど取り乱してしまったせいでまともに頭が働かない。

「誰なんだ、その男は？」彼が繰り返した。

「なんですって？」

「誰にレイプされたんだ？」

彼女はカーソンを振り向いた。「なんの話をしているの？」

「ごまかさなくていい」カーソンがやさしく言った。「誰なんだ？」

ララの唇が信じられないというように開いた。彼女は耳に入る言葉を理解することができなかった。「レイプされたことなんてないわ」

カーソンは悲しげなほほえみを浮かべた。「いいんだ、リトル・フォックス。話してごらん」

「話すことはないわ」

彼はゆっくりと首を振った。「僕は信じない。君みたいに官能的な女性がなんの理由もなしにセックスに背を向けるわけがない。何があったんだ？」

ララの胸に怒りがわき上がり、白く燃える炎がためらいや恐怖を燃やし尽くした。カーソンが同じことを何度もきくのが腹立たしかった。なぜ私が逃げ出したか、そして逃げ続けているのか彼はわかっていない。私に何をしたかすらわかっていないのだ。

「あなたがほんの子どものころにある女性に熱を上げて、その人に何年も振り向きもされなかったとするわね。ところがある日突然、彼女はあなたに笑顔を見せて腕を差しのべた。あなたはその腕に飛び込んだ」

ララは息を吸って揺らぎそうになる声を抑え、早口に話し続けた。まるで短い時間にできるだけたくさんの言葉を詰め込まないと命が危ないかのように。ある意味でそれは本当だった。もうこれ以上は逃げられない。これまでずっと逃げてきたこと、それなのにずっと同じ場所にいることにいやけがさした。そして今も無防備で傷つきやすく、おびえている自分に対しても。

「彼女はあなたを抱きしめ、キスして、あなたのとまどいもおかまいなしに服を脱がせるの」ララは激しい調子で言葉を続けた。「あなたの愛がほしいと言いながらあなたを裸にしたと思ったら、突然虫けらでも見るみたいな目で見て背を向けるのよ。自分は私生児とつきあうつもりなんかないと言い捨てて。そうしたら、あなたはどんな気持ちになる？　すぐに気を取り直して、あなたにほほえみかける別の女性に飛びつく？　それとも、セックスのことを考えただけで気分が悪くなる？」

カーソンはララにぶたれたかのようにひるんだ。「ララ」かすれた声で彼は言った。「リトル・フォックス、聞いてくれ。あの夜、そんな理由で君に背を向けたんじゃない。僕は絶対に――」

しかしララは話を続けた。四年分の怒りと無念の思いが噴き出し、止めることができなかった。

「でも、あれはそういうことだったのよ！　否定しても変えられないし、そのせいで男性が怖くなったのも治せないわ。もう二度とあんな無防備な女になるつもりはないの。なるぐらいなら死ぬわ！」彼女は身震いし、カーソンから目をそらした。「ある意味では、あなたに感謝しなくてはね。私以外の全世界の人々が苦しんでいる病から私を救ってくれたんだから」ララは苦々しく笑った。「これでわかってくれたわね。あなたのことが大嫌いな理由が」

カーソンはララの横顔をじっと眺めた。長いまつげが月に照らされた頬に影を落とし、唇はかすかに震えている。彼は長いため息をつき、握りしめたこぶしに目を落とした。これまで頭に浮かびもしなかった問いの答えがそこにあるかのように。

「過去は振り返らないことにしている」ようやく彼は厳しい声で言った。「過去は、祖先(ルーツ)を持つ人、自分がどこから来たかを知っている人のものだ。僕は知らない。知っているのは、これからどこへ行くかだけだ」カーソンはララを見つめた。彼女はまだ顔を背けている。彼にひどく傷つけられたあのときに生きている。「たしかに四年前の僕は間違いをおかした。今の君が間違っているのと同じように」

ララがこちらを向くのがかすかな髪の音でわかった。「どういうこと？」

「君は、ラリーの私生児だから僕に捨てられたと思っている」

ララは身動き一つしなかった。ブラックリッジ家の人間が彼女の父親が誰なのかを認めたのは初めてだ。「そうよ」その声は淡い月光のようだった。

「違う」カーソンはきっぱりと言った。「大事な〝父〟に、生まれてからずっと二つのことを繰り返し教えられてきた。一つは、僕は父の血を引いていないということ。二つ目は、君は父の血を引いているということだ。僕がどんなに努力していろいろなことをやり遂げても、足りなかった。本当のブラックリッジ家の人間ならもっとうまくやれる。君はその生きた証だった。君ほど賢くて、敏捷で、きれいで、礼儀正しくて、優雅な子どもはモンタナにはいないと、ラリーから耳にたこができるぐらい聞かされた。一言で言えば、君こそが本当のブラックリッジの人間だった。ラリーはそんな簡単な言い方はしなかったがね」

ララはショックのあまり声もなく口を開いた。ラリー・ブラックリッジは、彼女を特別に認めているような言葉やそぶりを見せたことは一度もない。「でも――」

「いいんだ」カーソンはララの言葉をさえぎった。「どうして四年前君を捨てたのか、その理由を話す。一度だけ話して、このことは両親の墓に埋めてしまうつもりだ。そして二度と掘り返したりはしない。絶対に！」

カーソンの言葉には過去に対する憎しみがにじみ出ていた。自分にはどうしようもないこと――ブラックリッジの血を引いていないこと――で見下されるのが、彼のようにプライドの高い男性にどんな影響をおよぼすかララにはわかった。何を言っても何をしても、その単純な事実は変えられないのだ。

学校で私生児だといっていじめられたララも同じだった。どんな言葉も行動も私生児だという事実をくつがえせない。いわれのない否定が人の魂をどれほど傷つけるか、ララはよく知っていた。カーソンにそう言いたかったが、口ははさまなかった。何か言えば、彼が話すのをやめてしまいそうで怖かったのだ。そうなれば、カーソンが彼女の愛に背を向けた理由は永遠にわからなくなる。

「君が成長するにつれ、ラリーの言葉はしつこくなった。僕が若くて強いのに自分は老いぼれて弱っている、それは自分ではどうしようもないことだから、つい僕につらくあたってしまったのもあるんだろう。でもいちばんの理由は、僕が本当の息子でないからだ。それで僕にいやがらせを言った」カーソンはうんざりしたように毒づき、固くなったうなじの筋肉をほぐした。「そっちがその気ならこっちにも考えがある――僕はそう思った。完璧（かんぺき）の見本のような本当のブラックリッジの娘を見つけ出して、めちゃくちゃにして、ラリーにその事実を突きつけてやると心に決めたんだ」

カーソンの話がどこにつながるのか、四年前なぜ彼がララを誘い、デートし、誘惑し、拒絶したのかに気づき、彼女は思わず声をもらした。こぶしを口元にあて、抗議の叫びをあげるまいとした。彼が私を求めたことなんか一度もなかったんだわ。最初から。

「それで、君が働いているカフェに行った。暗い外に立って、入る前に一時間ほど君を眺めていたんだ。君を見ると、薄明かりの中の狐（フォックス）を思い出した――優雅で用心深くて、とらえどころがない。君は男と見れば声をかける女だと思っていた。だが、そうじゃなかった。誰にでも礼儀正しい笑顔を見せていた。まじめに働いていた」

カーソンは首をまわしてため息をついた。過去のことを話したくはない。考えるのもいやだ。痛みと怒りと傷ついた思いがよみがえってしまう。いったいなんのために？　過去は変えられない。一瞬たりとも変えられない。でもなぜララに背を向けたかを理解してもらえるなら、顎が動かなくなるまで話さなければならない。僕にはその義務がある。

それに、僕にはララが必要だ。過去を乗り越えるただ一つの道は、彼女を自分のものにすることなのだ。

「僕は店の中に入った。そうしたら、脚が君の邪魔をした」つい思い出して、カーソンは皮肉っぽく笑った。悪い思い出ばかりじゃない。嵐(あらし)のあとで姿を現す虹(にじ)のような思い出もある。「君はとても親切だった。僕の不器用さを自分の落ち度のような言い方をした。僕は驚いたよ。予想と違っていたから。君みたいにまばゆいほどの美人はまわりの男にどうしようもなく甘やかされていると思っていたから」

カーソンを見つめるララの目が丸くなった。ララは自分を普通の人より魅力的だと思ったことはなかった。彼が自分のことをそんなふうに考えていたかと思うと、少し気持ちが温かくなった。

「何度か店で食事をしたあと、気がつくと店に行くのが楽しみになっていた。僕は君を見て楽しんだし、君は僕を見て楽しんだ。振り向いて目が合うと、君が真っ赤になっていたからわかったよ」カーソンの口調がやわらいだ。「君がダンスの誘いを受けてくれたときは週末が待ちきれなかった。それまでいろいろな噂を聞いていた。君が無邪気な天使を装っているのは男をだますためだと思っていたよ。そのほうが体を許された男は燃えるから。あの日ドアを開けて薄いシルクのブラウスとふわっとしたスカート、触れてくれと言わんばかりのやわらかい髪を見たとき、夜が終わる前に君を自分のものにしようと思ったんだ」

自分の記憶とは似ても似つかない過去の思い出を語るカーソンの深い声を聞きながら、ララは体が震えるのを感じた。彼はそんなふうに私を見ていたの？　恋のたわむれをおもしろくするために無邪気な女を装う小悪魔だと？

カーソンの目に映った自分とララ自身が考える自分の落差を知って、ララの全身にショックが走った。現実というのは、章ごとに同じストーリーの異なるバージョンをおさめた一冊の本なのだろうか。その本の読者はそれぞれの章を読み、別々の歴史の断片を知り、異なる人生を目にする。今、ララはカーソンが読んだ章を目にしていて、一語読むごとに、新しい事実を知るたびに、過去の見方が変わっていった。道に迷ったような、めまいのするような経験だが、過去が明かすもう一つのページを読むのに不思議な興奮を覚えた。

カーソンの言葉はララの胸に食い込み、かつて心に築いた壁と恐怖心を突き破って、決して消えることのなかった無防備な部分に触れた。

「僕が本音をもらしたとき、君はショックを受けているように見えた。僕は君の顔を見るまで、君が無垢だなんて思っていなかった。君の顔は真っ青だった。どんな女優でもあんな顔は装えない。君が、バージンだということを明かし、こんな自分の相手をするのは時間の無駄だと思ってもそれは当然だというようなことを言ったとき、僕は殴られたような気分だった。君が見かけどおりどこまでも無垢だったとわかったときは、君はもうダンスフロアに消えていた」

ララは唇を噛み、ダンスフロアを通り抜けたときのことを思い出した。まるで悪夢のようだった。どちらに向かっても人込みがとぎれず、出口が見つからなかった。

「僕は座ったまま、君を追いかけてもしかたがないと自分に言い聞かせた。そのとき、カフェに入ったときに僕に向ける君の笑顔を思い出したんだ。君はほかの男にはそんなふうに笑いかけたりしなかった。自分で気づいていたかどうか知らないが、君は僕を求めていた」カーソンは口ごもったが、やがて続けた。「僕も君を求めていた。君は視線だけで僕を熱くしてしまう。それに君は意外なところが多くて、僕はそれを楽しんだ。こんなに興味を引かれる女性には長いこと出会わなかった」彼は唇をゆがませて笑い、人さし指の裏でララの頬を撫(な)でた。「リトル・フォックス、今でも君みたいな人は見つからない」

ララが驚いたように身をすくめた。カーソンは唇を引き結んだ。こんな話をしなければよかった。すべてが夢であればよかった。すぐそばに横たわっている女性としあわせな過去だけを共有していたかった。

「そのあと、君はダンスフロアで安心しきったように僕の胸に抱かれた。腕の中にしっくりおさまった君は、春の風のように甘い香りがした。あまりに君がほしくて体が引き裂かれるように痛んだ」

カーソンの言葉に、ララはまた驚いた。過去のページが繰られ、現実が形を変え、新しい事実が浮かび上がった。カーソンは私を求めていた。結末はどうであれ、一度は本心から求めたのだ。彼の深い声を聞けばそれがわかった。

「僕はずっと君がほしかった。これこそが復讐だと自分に言い聞かせた。君に会い、話し、笑い、楽しむのは復讐のためだとね。一日ごとに、そのときは近づいていた。君が体を許し、僕がラリーに〝あの母親にしてこの娘ありだ〟と告げに行くときが」カーソンは吐き出すように毒づいた。「自分が求めているのは復讐だと信じきっていたんだ。信じなければいけなかった。それ以外に君に会う理由はありえない。ラリーが正しいはずがない――君が僕にとって完璧な女性であるはずがない。君は母の敵で僕の敵だった。それまでも、それからも変わらないはずだった」

ララは身じろぎもせず、息すらもひそめた。カーソンの声ににじみ出る葛藤(かっとう)は、燃える鞭(むち)のように彼女に襲いかかり、跡を残した。

「君を誘惑して復讐を遂げるチャンスをどうして何度も見逃すのか、自分に問いかけようとは思わなかった。うまいことを言って君をベッドに誘い込むことなら簡単にできたはずなのに、君と二人きりになるのすら避けようとした。復讐にしてはおかしなやり方じゃないか?」

カーソンはうなじをこすり、ララからの返事を期待するでもなくこともなげに言った。

「そしてあの嵐の日、僕たちは君のアパートメントに逃げ込んだ。二人きりになり、君のまなざしに僕はうずいた。美しく、好奇心いっぱいで、欲望に燃えるまなざしに。僕は君に触れる前に帰ろうとした。絶対にあんなことをするつもりは——」

彼は荒々しい言葉が口をついて出そうになるのを抑えた。

「キスだけだ。僕は自分に言い聞かせた」彼はララのほうを向いた。「そこでやめられると思ったが、できなかった。ずっと君がほしかったし、キスしたとき君は震えていた。恐怖ではなく、情熱でね。胸のふくらみにキスをして君がうめいたときには、頭がどうにかなりそうだった。想像がおよばないぐらい君は美しかった。僕は幾晩も頭の中で君の服を脱がせ、愛していたんだ」

傍目(はため)にもわかるほど、ララは震えた。あのとき、カーソンはそれを欲望だと思った。今震えているのは、嫌悪のせいかもしれない。彼はすぐに話を続けた。ララが考えることすらいやがっている思い出を語るカーソンの前から、彼女が姿を消さないように。

「そして君は一糸まとわぬ姿になった。やわらかさもぬくもりもすべて、僕のものだった。触れたとき、君が本当に無垢なのがわかったよ。君は僕を見て、怖くはない、僕を愛していると言った」

感情があふれそうになり、カーソンの口調が変わった。

「あの瞬間、僕にはできないと思ったんだ。復讐のために君のバージンを奪うことはできない。そして、長い間愛人関係を続けて、愛という名の嘘のもとでまわりの人を苦しめてきた父と君の母親のことがいまわしく思えた」彼は顔をしかめた。その表情に、愛をどう思っているかがよく表れていた。「愛のことならよく知っている。愛は嘘だ。よくてせいぜい自分をだます手段で、悪くすると、あのときの君のように警戒心のない無垢な者をだます手段だ」

カーソンは首の根元の凝りをもみほぐした。この凝りは心にわだかまるものを象徴しているかのようだ。

「君を怒鳴りつけたかった。目を覚ませ、現実を見ろ、僕は敵なんだ、とね」その声は怒りを帯びて響いた。「君の無邪気さに腹が立った。でも何より憤りを感じたのは、過去にとらわれて他人を利用しようとしている自分に対してだ。僕はずっと、愛人を妊娠させるほど性的にだらしない父を憎んでいた。ところが、自分も君に同じことをしようとしていた。あの夜君の身を守るすべを僕は持たなかったし、君は未経験で自分を守れなかった」

カーソンは突然、体を震わせた。「そのことを思うと胸が躍った。僕たちの子どもが」

「僕がどう思ったか教えようか」彼は荒っぽく続けた。「僕の一部が君の中で育つ。新しいものが。過去にとらわれないものが。子どもが」

そのときカーソンがもらした声はあまりに冷たく、とても笑い声には聞こえなかった。ララの心に食い込んだその声は、四年前、彼女がどれほどカーソンのことを知らなかったか――そして彼女が今もどれほど彼のことを気にかけているかを思い知らせた。彼は今もまだ傷つき続けている。ララと同じように。傷つきながら、それをどうやって止めていいかわからないでいる。

カーソンを慰めようと無意識のうちにララは手を伸ばしたが、彼に触れる前にその手は止まった。

「過去の毒からは何物も逃れられない」カーソンは感情をまじえずに言った。「僕はずっとその事実とたたかってきた。そして負けた。だが、振り返らなければひどく傷つくことはないということがようやくわかった。だから振り返らない。僕は未来に求めるものを追いかける。過去などどうでもいい」彼は振り向いてララの顔を見た。月光と闇が織りなす謎めいたベールの奥の感情を読み取ろうとするかのように。「これでわかってくれたね？あの夜、僕が背を向けたのは君じゃない。過去に対してだ」

冷たい頬に温かいものを感じて初めて、ララは自分が泣いていることに気づいた。カーソンが指先でそっと涙をぬぐい、その指を唇へ持っていって味わった。

「泣かないでくれ、リトル・フォックス。過去のために涙を流すことはない。過去は死んで、埋められている。もう過去のために傷つくな。過去のせいで二人の未来をだめにしたくない」

ララは目を閉じ、涙を振りきった。「カーソン」震える声でささやく。「私に何を望んでいるの？」

カーソンは口を開こうとしたが、さっきキスをしようとしたときのララのむき出しの恐怖を思い出した。〝結婚〟という言葉で性的なものを思い出させれば、彼女は丘を下る風のように逃げ出してしまうだろう。

「もう一度チャンスがほしい」これなら、ララにも受け入れられるはずだ。彼自身、現在に引き継ぎたい過去はそれだけだ。

「どうして？」

「四年前、君といるのは楽しかった」答えは簡単だった。「あの日々をよみがえらせたい。ほかの女性とでは見つけられないものも、君となら見つけられる。何年も君を求めていたのに、過去にこだわってしまった」

ララはゆっくりと首を振った。「もうあなたにあげられるものは何もないわ」とぎれとぎれに彼女は言った。

「そんなはずはない」

じっとこちらを眺めているカーソンの目を見て、ララは自分が笑いたいのか泣きたいのかわからなくなった。「私の話を聞いていなかったの？　私は子どものころから情熱が怖かったわ。情熱は母とあなたのお父さんを結びつけて、母を苦しめたから。次はあなたが……私たちが……」ララは自分を抑えようとしてしばらく言葉を止めた。「あなたに触れられるまで、欲望がどこまで強くなるか知らなかった。あなたを愛するまで、愛がどこまで強くなるか知らなかった。そしてあなたに背を向けられるまで自分がどこまで深く傷つくか知らなかったわ」ララはかぼそくため息をついた。「もう二度とあんなふうに無防備になるつもりはないの、カーソン。どうしてもできない。またあなたに捨てられたら立ち直れないから」

「捨てたりなんかしない。できないんだ」

ララは唇を噛み、ゆっくりと首を振った。

「いつか傷つけられるのが怖いから、今自分を苦しめるのか？」

「ここに戻るまでは苦しくなんかなかったわ」

「本当に？　過去に毒されて、自分の感情を表に出すことを恐れているんじゃないのか？　僕と同じように」カーソンは指先でララの銀色の涙のあとをたどり、唇の隅で手を止めた。

「今日君が震えたのは恐怖のせいだけではないんじゃないか?」

「カーソン、私は――」

「そうだろう?」

下唇のカーブを軽くたどる彼の親指の感触に、ララは身震いした。

「もう一度チャンスがほしい」カーソンは絞り出すように言った。「逃げる足を止めて、もう一度僕と向きあってほしい。ベッドに連れ込んだりはしない、約束する」結婚のことを話したかったが、まだ早すぎる。「父が君の母親にしたようなことはしない。名誉を汚すようなことはしない」

「でも、あなたが愛を信じていないなら――」ララの言葉はとぎれた。彼の言葉を思い出したからだ。〝愛は嘘だ。警戒心のない無垢な者をだます手段だ〟

「君は信じているのか?」カーソンが意外そうな顔でたずねた。

「母は苦しんだけど、あなたのお父さんを愛していたわ。祖父は祖母を愛していた。死ぬその日まで祖母の話をしていたわ。そして祖父も母も私を愛してくれた。私も二人を愛した。ええ、私は愛を信じているわ」

カーソンのほほえみは苦く、羨望がこもっていた。「ということは、君は僕より強いんだな、リトル・フォックス。それとも世間知らずなのか」

彼はララの手を唇に引き寄せて、彼女がそのぬくもりを感じるひまもないほど遠慮がちにてのひらにキスした。そして頭を上げてまっすぐに彼女の目を見た。

「やっぱり僕がほしいと思ったら、思い出してくれ。僕は君を、うしろ指をさされるような日陰の女性にはしない。妊娠している君を捨てたりはしない。自分の子どもを僕がされたように人手に渡したり、君のように私生児として育てさせたりもしない。僕にまかせてくれるなら、君と子どもたちの面倒は見る。ずっとね。未来のことを考えてくれ、ララ。過去ではなく」

ララは目を閉じた。カーソンの唇がかすめたてのひらがうずく。彼は気難しいし、短気なところもあるが、いちばんの敵でさえ、カーソンの約束は岩山のようにたしかだと認めている。心の中で彼の言葉を繰り返すと、それはまるで薬のように体にしみ込み、ララが自分でも気づかなかった傷を癒した。彼は愛を信じてはいないかもしれないが、責任感はある。

だからこそ四年前、私に背を向けたのだ。いやけがさしたからではない。誠実だからこそ、復讐のために私を利用することができなかった。

ララは深く息を吸った。

「わかったわ」ララはささやいた。「チャンスをあげる」

「もう過去を振り返らないかい？」せき立てるようにカーソンが言った。彼も私と同じように保証をほしがっているのだろうか、と彼女は思った。

「カーソン」とぎれとぎれにララは言った。「ああ、カーソン、過去は死んだりしないわ。知れば知るほど変わっていくの。怖がったり避けたりするものじゃない。過去は奇跡よ。苦しみを乗り越える力、苦しみを癒す力を与えてくれるわ」

「君は間違っている」カーソンはそっけなく応じた。その声は目と同じぐらい寒々としていた。「僕たちにとっては過去は死んだものだ。そのままにしておかないと未来が死んでしまう。信じてくれ、ララ。お願いだ」

ララは口を開いたが、言葉は出てこなかった。カーソンのそっけない言葉には絶望に似た何かが感じられた。彼は自分の言葉を信じているし、私にも信じさせたがっている。彼にとって過去は死んだものであり、触れても話題にしてもいけないものなのだ。

カーソンはすっと立ち上がると、ララに片手を差し出した。つかの間迷ったがララはその手を取り、引っ張り上げてもらった。ブラックリッジの土地をおおう月光と闇の中を、カーソンと二人でチャンドラーの家へと歩く――過去へ向かって、未来に手を引かれながら。カーソンの肌のぬくもりに疑いの気持ちが消えていくのを感じながら。

6

ララはボイスレコーダーの電源を切って背伸びし、予算内でなんとか買えた古いコンピューターのキーボードを打ち続けて疲れた指を動かした。背中はこわばり、指は痛んだが、きちんと重ねられた書類を見てララの顔にほほえみが浮かんだ。ウィリーがようやく口を開く気になり、のちに〝こちょこちょリズ〟という名で呼ばれるようになった女性と春の牧草の上で裸足(はだし)で踊った日のことを、用心深く言葉を選びながら話してくれたのだ。ぽつりぽつりと語られたウィリーの昔話は、〝肉欲〟という言葉が夫婦間以外のすべての性的関係を示していた社会と時代を浮かび上がらせた。しかしウィリーにとっても、おそらくリズにとってもそれはただの肉欲ではなかった。

〝……それでおれはブーツを脱いだんだ。ステップを間違えてもリズの足を痛めないようにな。リズはにっこりして、低い声でやさしく笑った。その瞬間、人生は夏の蜂蜜(はちみつ)みたいに甘くあったかく思えたよ〟

これからはウィリーを見てもただの年老いた牧童だとは思わないだろう。髪の豊かなたくましい青年だったころの姿を重ねるだろう。

ララはロッキング・Bの歴史にこういう断片を求めていた。ウィリーやリズのような男女が牧場を、州を、国を作った――聖人でも悪魔でもない男女が。自分たちが生まれ出た世界をよい場所にしたのは、歴史を闊歩する征服者でも王でもなく彼らだった。

ララは人々がみな歴史に対して自分のようにやさしいまなざしを向けるとは思っていなかった。たいていの人は、歴史という言葉を聞けば野心と偏見、戦争と裏切りの繰り返しを思い浮かべるだろう。もちろんそれは事実で、そういったものが国々の形を変えてきた。しかし、外側の変化の下にある人間の欲望や喜怒哀楽は変わらない。

「ララ？」

カーソンの声がして、歴史の研究に没頭していたララを現実に引き戻した。彼女は一瞬息が止まり、脈が速くなった。ブラックリッジの家とチャンドラーの家の間にある丘の上で二人が休戦協定を結んでから二週間がたっていた。カーソンとは昼は毎日、夜もかなり頻繁に会っていたが、ロッキング・Bの古い書類や戸棚の写真を調査するためではなかった。夕食が終わると、カーソンは今日牧場であったことを話し、ララは歴史の聞き取り調査のことを話した。

「ドアは開いてるわ」ララは顔をしかめ、時間が飛ぶように過ぎなければいいのにと思った。彼といっしょに出かける前にシャワーを浴びて服を着替えたかったが、もう時間がない。

カーソンのためにきれいでいたいと思っている自分に気がついて、ララはかすかな不安を感じた。魅力的と思われようが思われまいが関係ない。でも、彼女は気になった。小さなリビングルームを歩いていくときに速まる鼓動がそれを示していた。カーソンが戸口をふさぐように立っている。カウボーイブーツをはいた彼は百九十センチ以上あった。

ララが驚いてじっと見つめているのに気づき、カーソンは近づく足を止めた。「どうしたんだ、ハニー？　驚かせてしまったかい？」

「いいえ。ただ……あなたはこの家を建てた人たちよりずっと大きいんだなと思ったの」

緑色の斑点(はんてん)が散った金茶色の目が、独占欲もあらわにララの体を上から下まで眺めた。

「気にすることはない。君だって当時の女性よりは背が高い。僕たちはぴったりだ。二人で踊ったときみたいに」

官能的な含みのあるカーソンの言葉に、つかの間ララは言葉を失った。あの夜ララの手を引いて丘を下り、家の戸口でぎゅっと手を握って別れの挨拶(あいさつ)をして以来、カーソンは何げなく彼女に触れることさえなかった。しかし、この瞬間の彼のまなざしは雪の固まりにも火をつけてしまいそうだ。目を見開きながら、ララは体の奥で熱いものが花開くのを感じた。

「カーソン、約束を忘れないで」その声はかすれていた。

「君に触れてはいないよ」カーソンはゆっくりほほえんだ。

彼は実際にララに触れているわけではなかったが、そのほほえみを見た彼女の体にまた熱いものが広がった。きれいに見られたいと思っているのと同じく、心のどこかでは彼に触れられたいと思っていた。つかの間、おびえと興奮が胸の中でたたかった。

カーソンはララのおびえを見て取った。まだ二週間しかたっていないのだからしかたがないと自分に言い聞かせながらも、顔からほほえみが消えた。二週間たつのに何も変わらない。ララはまだおびえている。過去のあやまちのせいで、僕は唯一の未来を失うのだろうか？

もう手遅れなのか。カーソンは目を閉じ、ララがおびえではなく信頼の目で自分を見てくれるようになる日は来ないかもしれないという恐怖とたたかった。そうはさせない。また過去に負けるつもりはない。

突然、カーソンは体のあちこちが痛むのに気づいた。牧場の仕事をこなしながらララと会う時間を増やすために睡眠時間を削ったのがこたえていた。無意識のうちにうなじに手をやり、仕事と緊張と不安で固くなった筋肉をもみほぐした。

「カーソン？」ララはそっと問いかけた。彼の目から光と笑いが消えるのを見るのはつらかった。

カーソンは顔を上げて笑顔を作った。「それじゃあ、古い境界標識を見に行こうか？」

「あの、私、ランチボックスに料理を詰めたの。よかったら……もちろん、忙しいのはわかっているけど――」ララは言葉を切った。

彼のほほえみが満面の笑みに変わった。「ありがたいね。僕が帳簿や繁殖記録から解放されたいと思っていることが、なぜわかったんだい?」

「外はとてもきれいだわ」ララはそくざに答えた。彼の目から暗さが消えたのがうれしかった。

「水着は持っている?」

ララはうなずいた。

「よし。ロングプールまで行こうじゃないか」

「寒くない?」澄みきった緑色の水を思い浮かべながら、ララは言った。ロッキング・Bの敷地内で泳いだり釣りをしたりするときに行く、お気に入りの場所なのだ。

「僕と競争すればいい。臆病風に吹かれたんなら――」

「まさか」ララはすかさず言い返した。「泳げるようになるとすぐ白熊クラブに入ったのよ。まだ小さかったから釣り糸をつけられて、魚のえさみたいな格好で水に入れられたの」

カーソンが笑ったので、口元のこわばりが消え、それほどいかめしく見えなくなった。ララに誘われてうれしかったのか、一瞬彼は彼女のつややかな黒髪に触れた。伸ばしたとき同じぐらいすばやく彼はその手を引っ込めたが、その短い触れあいにララの体の隅々まで衝撃が走った。

「荷物を取ってくるわ。座って待っていて」

「寝てしまいそうだ」彼はあくびを噛み殺した。

「こんろの奥にコーヒーがあるわ」

カーソンの目がぱっと開き、見慣れた明るい茶色の目に緑の斑点が浮かんだ。「今コーヒーを一杯飲めるなら、なんでもするよ」

「それじゃあ、何か命令したくならないうちに持ってくるわね」ララは口元にほほえみを浮かべた。こんなふうに彼といっしょに過ごす時間が好きだった。からかったり笑ったりして互いの存在を楽しむ。カーソンの目にときおり欲望がひらめくのを見るのも楽しかった。

髪をとかし、水着とタオルをピクニック用の荷物に入れてリビングルームに行くと、カーソンは二杯目のコーヒーを飲み終わるところだった。さっきよりしゃっきりして見えたが、それがコーヒーのせいなのか、灰色がかった青のツーピースの水着が丸めたタオルの端からはみ出しているのが見えたせいなのか、ララにはわからなかった。彼は何も言わなかったが、何かを期待するかのように眉を上げた。

二人は、ロッキング・Bのさまざまな境界標識の写真を撮る前に一泳ぎしてランチを食べることにした。ロングプールまではほんの数キロだが、ゲートが六つもある。ゲートに着くたびに、ララはピックアップ・トラックを乗り降りした。最後の三回は、ララはぶつぶつ文句を言った。カーソンが彼女を川に連れていくのは自分でゲートを開ける手間を省くためだ、と。彼がユーモアたっぷりの笑顔とまじめな口調でそれを認めたので、ララの警戒心に火がつくとともに、神経の隅々まで熱いものが広がった。

春の雪解け水の時季はもう終わっていて、ビッグ・グリーン川はいつもの夏と同じ水量と透明度を取り戻していた。名前に反して川は大きくはなかった。川幅は三十メートルそこそこで、雪解け水がえぐった七、八メートルの深みをのぞいては特別深いところもない。深みには上流から水がどんどん流れ込み、白と緑と青に川面(かわも)をかき立て、ゆっくりと浅い下流へと押し流されていく。

川岸には柳の木立とカーソンの背丈ほどもある花崗岩(かこうがん)の岩がところどころにあった。カーソンは、そんな大きな岩が風をさえぎる草の上にピクニック用のキルトを広げた。

気持ちよさそうにため息をつくと、彼はキルトに腰を下ろし、ブーツとソックスを脱いで脇(わき)に放(ほう)り投げ、シャツのボタンをウエストまではずして袖(そで)をまくり上げた。ララは彼の無駄のないてきぱきとした動きをうっとりするような気持ちで眺めた。昔と変わらない――カーソンの大きさと力強さと見事な体の動きを見るのはいつだって楽しかった。

楽な格好になったカーソンは目を閉じて太陽に顔を向けた。彼ほど自分の感覚やまわりの自然に鋭敏な人を、ララは知らなかった。

「君はここで着替えてもいいし、木立に隠れてもいいよ」目をつぶったまま、彼は言った。

「のぞかないから」

たちまちララの頬が赤くなった。カーソンの前で服を脱ぐのは正直言って怖かった。あのときの光景を、悪夢を思い出してしまう。彼の前で水着になることだけでも落ち着かないのに。

「でも、私……。今日は泳げるほど暖かくないわ」ララはカーソンから目をそらした。

カーソンはまぶたを開けた。しげしげとララを眺めた彼は、恐れを、日差しに満ちた一日に影を落とす過去の暗闇(くらやみ)を感じ取った。風のあたらないこの場所なら気温は二十五度を軽く超えているから、水着になってちょうどいいぐらいだと言おうかと思ったが、ララが泳ぎたがらないのは気温のせいではないとわかっていた。四年前、彼が背を向けたときララは服を着ていなかった。一方、彼は服を着ていた。ララはそのことをカーソン自身よりもっと鮮やかに覚えていて、二度と繰り返したくないのだ。

心の中で毒づきながら、カーソンはシャツを脱いだ。いっしょに泳げば、彼の近くで軽装になることに対するララの緊張感も弱まるのではないかと思っていた。彼が水着になったときにララの目に官能の光がきらめくのを見たいとも思っていた。それなのに、彼がしたことはララの恐怖を強め、未来に差す過去の暗い影を濃くしただけだったのだろうか。

ララは、彼の筋肉質のしなやかな体が衣服の下から現れるのを見て目をみはった。あまりにも気を取られたために、自分がじっと見つめていることも忘れた。

筋肉におおわれた長い脚。ジーンズの下にトランクスの水着をはいてきたのだ。胸と同じぐらい脚も日焼けしているところを見ると、きっと昔からロングプールで泳ぐ習慣があるのだろう。ララの一・五倍ほどもある肩、引きしまったウエストへと続く胸を見れば、厳しい仕事を長年続けてきたことと、誰も会ったことのない彼の両親からの遺伝がうかがえる。

「何を考えているんだい?」低い声でカーソンがたずねた。

その言葉は草を撫でるそよ風のようにやさしかった。カーソンの体に蜂蜜のように降りそそぐ日の光をうっとりと眺めながら、ララは何も考えずに答えた。

「あなたのご両親はきっとすばらしい体の持ち主だったのね」

つかの間カーソンは、ララがシャロンとラリーのブラックリッジ夫妻のことではなく、誰ともわからぬ実の両親のことを言っているのに気づかなかった。ようやく言葉の意味を理解した彼は、初めて見るかのようにみずからの体を見下ろした。こうして女性の目を通して自分の体を見直すと、小さくやわらかなララの体と比べてむき出しのたくましさが目についた。彼と二人きりになってもいいと思うほど、ララが信頼してくれているのが奇跡のように思えた。

そして、カーソンは気づいた。ララは彼を信頼しているだけではない、二人の体の違いそのものを前向きに認めている。

「君はすごいな」彼は首を振りながら言った。

ララは驚いて目を上げた。「何が？」

「僕は君の二倍も力があって大きさは一・五倍もある。凶暴な灰色熊みたいに毛むくじゃらで、抱いてかわいがろうという気にはならない。君が叫び声をあげて逃げ出しても不思議はないぐらいだ。それなのに君は、僕の両親は見事な体を持っていたんだろうなんて言っている。すごいよ」カーソンは笑い、手を差し出した。「おいで、勇敢なリトル・フォックス。君のおとなしい灰色熊と川まで行こう」

恥ずかしそうに笑いながらララは彼の手を取り、そのぬくもりと力強さを味わった。カーソンが指をからませたので、てのひらがこすれあうたびにララは彼を意識した。川まで行く途中、裸足で歩いていたカーソンがうっかり石を踏みつけて顔をしかめたのを見て、ララは吹き出した。

「鍛え方が足りないのね」ララがからかった。

「そうみたいだ」痛そうに笑いながら、カーソンは言った。彼はロングプールのいちばん深い淵(ふち)を見下ろせる、流れで丸くなった巨石の上にララを引っ張り上げた。そして胸の高さにある出っ張りに両手をかけ、やすやすと体を持ち上げて彼女の隣によじ登った。「でも、足を痛めるだけの価値はあるよ」カーソンはララから近すぎず遠すぎない場所に座った。「牧童たちは、僕がロングプールに行くときは邪魔をしないでいてくれるんだ。一人になりたいから行くのを知っているから」

カーソンをちらりと見ると、けわしい顔の線と、水と日の光に緊張をゆるめるかすかなしるしが目に入った。癒(いや)しを求めて水辺に引き寄せられる気持ちが、ララにはわかった。眠りに誘うかのような水の動きや流れ、そして全身を愛撫(あいぶ)する太陽の光。体の奥で何かがほぐれ、ずっと張りつめていたものがゆるむように感じられる。

水着を着ていればよかった。そうすれば、服に邪魔されずにぬくもりと癒しを存分に感じることができるのに。一糸まとわぬ姿ならもっといい。肌の隅々にまで太陽を感じ、体がやわらかくなって溶けてしまうほどリラックスできるだろう。

太陽とせせらぎの音に心を開かれていなければ、そんなことを考えた自分に驚いているところだ。もう何年も、裸でいるのを楽しいと思ったことはなかった。カーソンが出ていき、魂まで凍りついた気持ちで体を丸めていたとき以来、ずっと。

あれは過ぎ去ったこと。今はもう違う。思い出よ、よみがえらないで。太陽の中で夢を見させて。

ララは目を閉じ、体を両腕で支えて顔を太陽に向けた。カーソンはその様子をくいいるように見つめた。あんなふうに口元をゆるめているのが、僕の愛撫に対してだったらいいのに。彼はララを脚の間に座らせ、胸に頭をもたれさせ、やわらかなてのひらとそそるようなうなじにキスしたいと思った。やがてララは僕の腿に腕を休め、撫でるだろう。そうしたらブラウスと下着を脱がせ、両手で乳房を感じることができるのに。

そう考えていると、カーソンの体にたちまちはっきりとしたしるしが表れた。そろそろさわやかな青い水に飛び込んでもいいころだと彼は決めた。欲望を抑えつける前にララに見られてしまったら、今のように隣でリラックスしていてはくれないだろう。

カーソンが立ち上がる際の音はすぐに、川に飛び込む気持ちのいい水音にかき消された。ララがまばたきして見まわすと、彼がまっすぐ下流に向かって泳いでいくのが見えた。浅くなって泳げなくなると、彼は向きを変えた。水辺の生き物のようなスピードと優雅さで体が水を切って進む。

モンタナの牧場主でこれほど水になじんでいる男性はいないのではないか。カーソンの父親も泳ぎがうまかったに違いない、とララは思った。

でも、その答えを知る日は来ないだろう。実の両親のことを知りたいと思っていたとしても、カーソンはそれを表に出さなかった。二週間前に話してくれたように、彼は過去を振り返らない男なのだ。二人で話をする際、過去の話題が出るのはララが持ち出すときだけだ。それはあの四年前の出来事だけでなく、過去のすべてにおいてそうだった。牧場の歴史や、牧童が夜に宿舎で話してくれる古いエピソードのことは話題になったが、ブラックリッジ家やチャンドラー家の話になると、カーソンはたいてい話題を変えた。そしてララがこの四年のことを質問しそうになると、彼はたちまちほかの話題を持ち出した。

さらさらと流れる川の音が緊張を解きほぐし、ララを誘った。風がなくなってしまって、岩の上に座っていると暑いぐらいだ。肌が汗ばみ、彼女は泳ぎたくてたまらなくなった。

ララは岩からすべり下り、キルトを敷いた場所に戻ると水着を取り出した。服から解放される感触を楽しみながら、ゆっくりと服を脱ぐ。ブラジャーとパンティを水着に替えるときだけは急いだ。水着は、地元のデパートの年配者好みの品ぞろえの中からどうにか見つけ出した地味なものだった。

腰骨が見えるほどハイレグで、へそがのぞくほど襟ぐりの深いワンピースタイプはララの好みではなかった。ひもと小さな布きれだけのビキニもそうだ。ようやく選んだツーピースは、普通の女性が選ぶ水着よりも慎ましかったが、それでもララにはまだ露出部分が多く思えた。むき出しの肌に太陽がシルクのようにやわらかく感じられる。目を閉じて思いきり手足を伸ばし、降りそそぐぬくもりを全身に浴びたい気分だ。

しかし、川はぬくもりとはほど遠かった。一度足を水に浸してみたララは、水をしたたらせたまま心を決めかねて深みに面した岩の端に立ち尽くした。大きく黒い人影が岩に近づいてきた。その影はカーソンとなって深みから飛び出し、頭を振って顔から水を払った。

「いっしょに泳ごう」半分閉じた目でララを眺めながら、カーソンは言った。長い距離を泳いで疲れたこと、そして水が冷たいことに感謝した。水に入ろうか入るまいか迷っているララの姿はすばらしく、喉から手が出るほどほしい。水の中に引きずり込んで、全身をくまなく味わいたい。

「水の中は気持ちがいいとは言わないのね？」

「そうだな、夏の初めにしては温かいほうだ」

「どっちなのかわからないわ」

カーソンは笑った。「まあまあだよ、ハニー」

ララは、疑わしそうな目つきで彼を見た。そして飛び込むと、水から顔を出してあえいだ。

「嘘つき！」彼女は息を吸い込もうとした。

「君は岩の上でごろごろしていて温まりすぎたんだ」カーソンはにやりとした。「行こう。泳いでいれば温かくなる」

深みを何度か往復するうちに、ララは体が温まるのを感じた。六往復すると少し息が切れ始めた。カーソンが十三往復目に入ったとき、彼女は音をあげて仰向けになり、流れに身をまかせた。カーソンはララがいなくなったことに気づき、戻ってきて彼女の隣に並んで浮かんだ。

「これでわかったわ……あなたのすばらしい体の……秘密が」呼吸の合間にララは言った。

「水泳？」その言葉がうれしく、カーソンは彼女に笑いかけた。

「たぶんね。あなたのお父さんは……深海ダイバーだったのよ。お母さんは……人魚」

「それじゃあ、どうしてひれがないんだろう？」カーソンがまじめに応じた。

「ひれ？」ララは隣に浮かんでいるカーソンのたくましい体に目をやった。「足びれはつけていないわよね」

「そうだ。どこにもひれはない。毛はあるけど」

「なるほど、そういうことね」ララはほほえんだ。

「何が？」

「私が寒い理由。毛がないからだわ」

カーソンは太陽の下で立っていたララの姿を思い出した。青いツーピースの間からなめらかな肌が上気して輝いていた。たしかに毛はない。カーソンは必死になって、彼女の美しい肌を思い出すまいとした。

「上がろうか？」

「どうして？」

「君は唇が紫色になっているし、震えている」

ララはカーソンに両手で水を浴びせかけ、向きを変えると巨石に向かって猛スピードで泳ぎ出した。あと少しというところで、彼の両手が太腿をつかむのを感じた。その指はゆっくり脚をすべり下りていき、足首のところで離れた。ララは急にさびしい気持ちになり、岩場に体を引き上げた。そのときちょうど、カーソンが水から顔を出すのが見えた。彼が頭を振ると水滴があちこちに飛んだ。

キルトを敷いた場所に戻ろうとして、ララはうっかり石を踏みつけてしまった。突然の痛みに息が止まり、体がよろめいた。するとカーソンが何も言わずにララを抱き上げ、キルトのところまでゆっくりと抱いていってくれた。

「鍛え方が足りないのはどっちだ」カーソンはからかった。

彼は一瞬だけララを見下ろしたが、すぐに前方に目を戻した。よく見ていないと危ない道だったからではない。目に浮かぶ欲望を見られるのが怖かったのだ。水着越しに乳房がそそるように突き出ているし、胸の谷間には水滴がダイヤモンドのように光っている。寒さで硬くなった胸の先端は青い水着の上からでもはっきりわかる。カーソンは、冷たい水でなく彼の舌のぬくもりがそこを硬くしたときのことをあまりにもよく覚えていた。全身が震えるほどの激しさで、彼はあのときがまた来ることを望んだ。

「さあ、着いた」カーソンは軽い口調で言って、やわらかなキルトの上にララを下ろした。そして流れるような手つきでララのタオルを取り出し、彼女の肩に巻きつけた。「これで寒くないだろう?」

ララはうなずいた。「ありがとう」かすれ声になったのがわかったが、自分でもどうしようもなかった。「すごくたくましいのね」たちまち彼女は顔をしかめた。何かほかのことを言えばよかった。少なくとも、感心しているような言い方をしなければよかった。

「抱いて運ばれるのは慣れていないの。だいたい、六年生のとき以来私を〝小さい〟なんて言うのはあなただけだわ」

「たちの悪い子牛を相手にするときは、力があると便利なんだ」タオルで顔をふきながら、カーソンはこともなげに言った。

彼は荒っぽく髪をタオルで乾かしながら、腕の中でララがどれほどやわらかく感じられたか言うまいと舌を噛んだ。彼女は抱き上げるのを許してくれた。その単純な事実が稲妻のように体を貫き、太陽よりも体を熱くした。

ララは腰を下ろしてタオルに顔をうずめた。〝すごくたくましい〟という言葉を、聞き慣れたことのように聞き流してくれたのがありがたかった。きっと毎日聞いているのだろう——特に女性の口から。ララは必要以上の力を込めて濡れた髪を指でほぐし、カーソンのたくましい腕がほかの女性を抱いている様子を想像するまいとした。

「そんなやり方じゃだめだ」カーソンはひざまずくと、そっとララの手を髪から離した。

「僕にやらせてくれ」

ララの返事も待たずに彼はやさしく三つ編みをほどき、背中のなかばまであるつややかな黒髪を解き放った。そして彼のタオルで髪を包み、水気を取った。それが終わると、タオルの乾いた部分で彼女の頭全体をゆっくりふいた。

カーソンに頭をマッサージされ、ララは気持ちよくなってため息をついた。抱き上げられたときに感じた不安は消え去った。カーソンはそれ以上距離を縮めようとはしなかったが、そうしたいと思っているのが彼女にはわかった。水着のトランクスにそのしるしがあからさまに表れている。

カーソンが高まっているのを知っても、ララは怖いとは思わなかった。欲望を隠すことはできなくても、カーソンが彼女に迫ったり、与える準備のできていないものを無理強いしたりしないとわかっていたからだ。

「コームは?」ララの頭をゆっくりとマッサージしながら、カーソンはたずねた。そして手を止めた。「君がいやがらなければ、だが」

マッサージにうとうとしていたララはゆっくりと目を開けた。「いやがる?」太陽のまぶしさに目をしばたたき、また閉じる。頬の上に黒いまつげが繊細な影を落としている。

「いやがるって、何を?」彼女は気持ちよさそうにため息をついた。

カーソンはにっこりし、身をかがめてララが気づかないほど軽く髪にキスした。キルトの上を見まわすと、ララが脱いだジーンズの下から派手な赤いコームがのぞいている。丁寧にとかすと、長い髪はまるで磨き抜かれた黒檀(こくたん)の扇のように肩に広がった。

ララはうれしそうに何かつぶやいていたが、やがて口を閉じた。髪をとかしてもらうのは、太陽の下でリラックスするのと同じぐらい気持ちがいいものだ。彼女が心地よさげにもらす声をカーソンは聞き逃すまいとした。そのささやきの一つ一つが愛撫であり、希望のしるしだった。いつのまにかコームはキルトの上に落ち、代わりにカーソンが手でつややかな黒髪をほぐし、ゆっくりと撫でていた。肌に感じる髪のやわらかさに強烈な快感を覚えながら。

たくましい指がララの髪に分け入り、シルクのつややかさの下を探り、ぬくもりを求める。やがてララはカーソンにもたれかかってリラックスした体を彼にまかせた。

「とてもじょうずなのね」あまりに気持ちがよくて、思いや疑問がつい口に出てしまう。ララはため息をついた。「誰に教わったの?」その瞬間、彼女は唇を噛んだ。カーソンが誰とともに過ごし、愛撫し、誘惑したかなんて、私には関係のないことだ。「気にしないで。ただ――」

「君が教えてくれた」カーソンは頭を下げてララの髪の甘い香りを吸い込んだ。「長い一日の終わりに、君が僕の頭をマッサージして、緊張や落胆で固まった筋肉をほぐしてしあわせな気分にしてくれたんだ。あの気持ちよさは忘れられない」

その言葉は愛撫のようにララに触れ、心の壁を貫いた。彼女の目に涙が浮かんだ。

「そんなふうに思ってくれていたの?」ララはカーソンのほうを振り向いた。

「きれいな目だ。ずっと忘れられなかった」カーソンは身をかがめ、ララの唇に唇をかすめた。「そうだよ。僕にとってはそうだった。そのことも忘れられなかった」

彼がしばらくララを見つめていると、その目が記憶でかげるのがわかった。二人の関係が終わったときのことを思い出しているのだ——しあわせな気分ではなく、痛みを。つかの間、二人は予期せぬ甘いひとときに満たされていたのに、僕が過去を持ち出してしまった。カーソンは心の中で自分をののしった。

「痛みのことを思い出さずにいられないなら」彼は低い声で言った。「どうして歓びも思い出せないんだ？　僕は思い出す。そして体を熱くして、震えて目覚める。歓びだよ、ララ。痛みじゃない。そういう思い出をもっと作るチャンスがほしい。何年かあとに振り返ったとき、過去は僕たちを締めつける冷たい鎖ではないと思えるように」

ララは目を閉じて身震いした。それがおびえているせいなのか、それとも、ピンク色の胸の先端を舌で愛撫しているカーソンの欲望と快楽に張りつめた顔を思い出したからなのか、自分でもわからなかった。まるで今もそうやって愛撫されているかのようにララの胸の頂が硬くなり、体の奥深くまで快楽の波が押し寄せて声をもらしそうになった。また彼の唇を、ぬくもりと欲望を感じたい——それなのに、ララは自分を彼に差し出すのが怖かった。

「何にそんなにおびえているんだい？」その声からは、カーソンが力ずくでもララから答えを引き出したいという思いを抑えているのが痛いほどわかった。ララの痛みと彼の痛みを終わらせ、過去を終わらせたいと思っているのだ。「僕が君を肉体的に傷つけたことがあるか?」

何も言わずにララはうなだれ、頭を左右に動かした。

「いずれ傷つけるかもしれないと思っているのか?」

ララはまた首を振った。カーソンはたくましいが、怖いと思ったことはない。ララを復讐のために利用しようとしたときでさえ、どこまでもやさしかった。

「僕に触れられるのは好きかい?」その声はやさしかったが、あいまいな答えを許さない何かがあった。

ララは今度はうなずいたが、顔を上げようとはしなかった。彼と目を合わせたくない。希望と恐れを読み取られてしまう。

「じゃあ、なぜなんだ?」カーソンが片手をララの顎にかけ、引き上げた。

彼女はその手に逆らわなかったが、目を開けるのは拒んだ。そしてぐっと息をのみ、ようやく言葉を押し出した。「またあなたに自分を差し出すのが怖いの」

しばらく黙ったまま、カーソンはララの美しい、しかし苦しげな顔を見つめていた。突然、彼はほほえみを浮かべ、キスするように親指でララの唇を撫でた。「それなら、僕が君に自分を差し出せばいい」

ララは目をぱっと見開いた。「なんですって?」

「僕にもわかるよ。とてつもない犠牲だ」カーソンはおごそかな調子で言った。その目には笑みと、それよりもっと強くもっと複雑な何かが輝いている。彼はララに両手を差し出した。「僕を奪ってくれ。全部君のものだ。僕がバターみたいに溶けるまで髪をとかして、頭をマッサージしてもいい。僕を誘って外に出かけて、夕日が沈むのをいっしょに見てくれてもいい。服は着ていても着ていなくてもかまわない。好きなだけ、それとも我慢できるだけ、僕に触れて探ってほしい。一部でも、すべてでも」カーソンの目から笑みが消えたが、その目を溶けた金のように輝かせている感情は消えなかった。「ただし、逃げるのはなしだ。それはもうやめてくれ、ララ。それは過去のことで、過去はもう死んでいる」カーソンの目は真剣で、差し出した手は震えてもいない。ララはゆっくりと彼の手に自分の手をゆだねた。その手のぬくもりとたくましさに包まれると思っていたのに、彼はそれ以上ララの手を握ろうとはしなかった。無言のうちにカーソンは自分の言葉を仕草で裏づけていた。自分を差し出したのだ。

　この贈り物をどうするか決めるのはララだった。

7

その色あせた銀板写真には、風の吹き抜ける丘と、そこに積み重ねられた石の山が写っていた。丘の下には広々とした肥沃な谷があり、その中をひとすじの川が流れている。草と川、柳や榛の木の茂みがあるだけで、柵もなく、人が作ったものは何一つ見あたらない。草原の上に散らばる点は鹿かもしれないし、へら鹿かもしれない。

それが家畜でないことはララにはわかっていた。百年以上前にこの写真が撮られたとき、ブラックリッジ家の家畜群はテキサスを出発したところだったからだ。ララはこの銀板写真を祖父シャイエンの遺品の中から見つけた。写真の裏に貼りつけたメモに、祖父の昔風の丁寧な筆跡でこう書かれている。〈ロッキング・Bの最初の標識。撮ったのはおそらくカーソン・ブラックリッジで、南北戦争のあと、一八六七年に最初の家畜がここに到着する前のことだろう〉

湾曲したレンズを太陽できらめかせながら、写真の上を隅から隅までゆっくりと拡大鏡を動かす。しばらくしてララは顔を上げて眼下の谷を眺め、この一世紀で姿を変えていない目印を探した。これまでの四週間で、彼女は現在の景色を頭から追い払う癖を身につけた。柵も、茂みがなくなっていることも、建物の存在も、ビッグ・グリーン川がわずかに南に蛇行していることも。

シャドウが身動きして蠅を追い払うと、またうとうとし始めた。馬の動きに、ララの気が散ることはなかった。牧場に戻ってからの四週間で、シャドウの癖には慣れている。ララはほとんどの時間を馬に乗って過ごし、古株の牧童と話をした。聞き取り調査の合間にロッキング・Bの昔の境界標識を捜してあらかた見つけていたが、あと一つだけまだわからないのがあった。

ロングプールにピクニックに行った日以来、カーソンでさえ標識捜しに乗り気になっていた。二人はカーソンが町の貸金庫から取り出してきた古い証書や測量図を調べた。彼に助けられながら、ララは標識とそのおよその場所のリストを作った。そして何日もかけて標識を見つけ出し、すべて写真におさめた。しかし、あと一つだけ残っている。それが、今ララが手にしている銀板写真にある標識だ。

「どういうこと?」ララはつぶやいた。「丘はこの丘だし、場所も間違いない。季節もだいたい同じだわ。手前に同じ花が咲いているし、向こうの山並みには高い峰にだけ雪が残っている。時間もほぼ同じ。影の形も同じで、ビッグ・グリーン川にかかる太陽の角度も同じ。風が草むらを吹き抜けているのだって——」

ふいにララは背筋を伸ばした。

「そうだ！　草むらだわ！」

ララはシャドウから降りると、丘の上を数十メートルにわたってくわしく調べ始めた。難しい作業だった。ロッキング・Bのこの区画は三年間放牧禁止にして土と草を休ませていて、そのせいで草が腰の高さまで伸びているところもあった。何度か草むらの中に鈍く輝く石を見つけたが、そのたびに彼女はがっかりした。どれも自然に散らばったもので、ロッキング・Bの最初の東側境界を示すために人が積み上げたものではなかったからだ。すぐにララの頬に汗が光り始めた。六月が始まったばかりなのに、夏のように暑い。

「腕時計でもなくしたのかい？」

カーソンの声に、ララはひょいと頭を上げた。標識を捜すのに夢中で、彼が馬に乗って丘を上ってくるのに気づかなかった。

「カーソン！　いつのまにここまで来たの？」意外な場所で彼に会えたうれしさで、ララの目が輝いた。

その顔を見て、カーソンの体に温かいものが走った。ララが昔と同じように僕にほほえみかけている。彼女の働くカフェにひょっこり顔を出したときと同じだ。もうずっとこの笑顔を見ていなかった。この表情をどれほど待ち望んでいたか、今やっとわかった。

「ハット・クリークのそばで牛が倒れたんだ」カーソンは親指で背後を指した。「君がうろうろ歩きまわっているのを見て、どうしたんだろうと思ってここまで来たんだよ」

「最後の境界標識を捜しているの。牛はだいじょうぶ？」

「死んでいた」カーソンはうなるように言ってうなじを撫でた。「今週になってから三頭目だ。ただの偶然だと思うが。三頭とも年をとっていたからね。でも、とりあえず獣医を呼んだよ」彼はため息をついた。「で、君のほうはまだ石の山を捜しているわけだ。論文に必要なのかい？」

ララは口ごもった。どうやったらカーソンにわかってもらえるだろう。自分自身のために見つけたいわけではない。ただその標識は、発見されるのを待つ過去の失われた一部なのだ。「なくなったパズルのピースを捜すのが好きなだけよ」

「どうしても過去を捜し出したいんだな」

「そんなことないわ」ララは明るく言った。「楽しいからやっているだけ」

ララは袖で額をぬぐって帽子をかぶり直したので、カーソンの顔がこわばったのに気づかないようだった。過去という名のパズルのピースがなかなか見つからなければ、ララはますます真剣にそれを捜そうとするだろう。

過去には、絶対に見つけてはいけないピースが一つある。

そのピースがララの研究対象の年代にないことを、カーソンは神に感謝した。過去のその部分に、あまりに知的であまりに綿密な彼女の調査がおよぶことはないだろう。

ララが目を上げると、カーソンの顔つきが変わっていた。「わかってるわ」心もとなげに笑いながら、彼女は言った。「あなたは過去を振り返る必要なんかないわよね。私は歴史家だから、過去をほじくり返すのが好きなの」

ややあって、カーソンはしぶしぶ笑みを浮かべた。心の中には不安があったが、ララが楽しんで目的を追いかけているときの目の輝きを見るのは、彼も楽しかった。

「古い石の山を捜しまわってもばちはあたらないさ」カーソンは馬を降りてララのそばに来た。「夕食の時間までいっしょに捜そう」

「いいの？」ララはおずおずと言った。「あなたはロッキング・Bの歴史には興味ないんでしょう？」

それは丁寧な言い方だった。カーソンはロッキング・Bの歴史に対して、ララには理解できない強い敵意を抱いていた。もしかしたら、子どものころから自分は牧場の歴史に属していないとわかっていたせいかもしれない。でも、それだけで過去を憎んでいるのだろうか？

答えを知りたかったが、その話題を直接彼にぶつけようとは思わなかった。カーソンの顔つきが厳しくなるのを見たくなかった。ロッキング・Bの近い過去のことを話すたびに、彼の顔はいつもそうなるのだ。

「かまわないよ。死んだ牛を眺めているよりずっといい」

「それはそうね」ララは顔をしかめた。

「で、この低予算調査をどう進めるんだい?」カーソンはそう言ってまた首をもんだ。頭痛はラリー・ブラックリッジの遺言を読んだその日から始まった。

「まずは手をつなぎましょう」

「ほう?」手袋を脱いでうしろのポケットに突っ込みながら、カーソンは頬をゆるめた。そしてララに手を差し出した。「手をつなぐんだね? 歴史の研究に対するイメージを変えないとな」

ララはカーソンのやさしいほほえみと疲れた目を見た。衝動に押されるように彼女はその手を両手で取り、唇に持っていった。てのひらにそっとキスし、唇で敏感な肌をかすめ、頬に押しあてる。彼の指にかすかに力が入り、愛撫に応えた。自制の感じられるその仕草に、ララは泣きたくなった。カーソンは自分の言葉を守り、決して私に無理強いしない。そして友情と笑いを与えてくれる——それなのに、私は何も返すものがない。

「働きすぎよ、カーソン。ずいぶん疲れているみたい。どうでもいい古くさい境界標識のことで手をわずらわせたくないわ」

カーソンはつかの間目を閉じ、手に押しあてられたララの頬のやわらかさを、痛みといっていいほどの強い感覚とともに味わった。ロングプールにピクニックに行った日以来、ララは頻繁に彼に触れるようになり、触れあいに前ほど緊張を感じなくなったようだが、カーソンはまだ物足りなかった。夕暮れが大地を燃え立たせるのを眺めながら牧場をそぞろ歩きするときも、彼女は手をつなぐ以上のことをしようとはしない。

それなのに、今は美しい目を心配そうに曇らせて彼を見つめている。

「僕ならだいじょうぶだよ、リトル・フォックス。一日のうちでいちばん楽しいのは君と過ごす時間なんだから」

自分がカーソンの腕に飛び込んだのか、彼が近づいてきたのかララにはわからなかった。ただ一つわかったのは、自分がやっと帰るべきところに帰ってきたと感じていることだ。最初二人は、引き離されるのを恐れるようにぎゅっと抱きしめあっていた。やがてカーソンが腕をゆるめ、大きな手でララの髪と背中を撫で始めた。その手は彼女を抱きしめるのがどれほどうれしいかを雄弁に語っていた。それはララも同じだった。両腕をカーソンの引きしまったウエストにまわし、胸に頭を預けながら、両手でやさしく背中をもみほぐし、彼の体の奥深くによどんでいる緊張をほぐそうとした。

しばらくしてララが顔を上げると、カーソンは目を閉じていて、その顔からはけわしさが消えて穏やかな表情が浮かんでいた。ただ抱きしめるだけで彼がこれほど安らかな気持ちになってくれると思うと、ララの胸で何かがうずいた。もっと前にこうしてあげればよかった。一日の終わりに顔を合わせると、かならず彼は疲れた顔をして右手で首を撫でている。ずっと昔に自分がそうしてもらったように、彼を抱きしめ、笑顔を向けてくれるまでリラックスさせてあげたいとララはいつも思っていた。

「あたりが暗くなるまでうろうろ歩いているより、もっといいことがあるわ」彼女はそっと言った。

カーソンが喉の奥でうなるような声をあげた。ララはにっこりした。

「今日の夜はヨランダは休みでしょう？」

彼はまたうなったが、それは満足しているようにも、問いかけているようにも聞こえた。

ララはやさしく笑い、強くカーソンを抱きしめた。

「私の家で夕食をごちそうするわ」彼女はすかさず付け加えた。「牧場の帳簿を持ってきて。作業が遅れているのよね？　食事が終わったらあなたは帳簿を見て、私は祖父の遺品を調べるの。それからデザートを食べて、背中をマッサージしてあげる。帳簿を見るのは嫌いだからいつも肩が凝るって言っていたでしょう？　どうかしら？」

カーソンのほほえみに、ララは全身が温かくなった。「天国だな。手をつないでやる歴史研究の手順を教えてくれたら、すぐにそうしよう」

「べつに、あなたまで血眼になって草の中を捜さなくてもいいのよ」

「でも、やりたいんだ」カーソンは身動きしてララの体を引き寄せた。「君と手をつなぐのは好きだし、それからこれも――」彼の体に震えが走った。「ああ、ララ、君を抱きしめているのも大好きだ」

ほとんど聞き取れないほどのささやきにも似たその言葉に、ララの体にも震えが走った。ララは腕に力を込め、しばらくぎゅっと彼を抱きしめた。そして彼の顔を見上げた。琥珀色の目にじっと見つめられ、息が苦しくなる。キスしてほしかったが、カーソン自身望んでいても絶対にしてくれないだろう。数週間前にした約束を律儀に守っているのだから。キスしてほしいなら、自分がリードするしかない。

「あの……キスしてもいい？」その口調はためらいがちで、目には心の葛藤が表れていた。彼女自身はキスしたいのに、体を寄せるときも〝危険だ〟とささやく過去の思い出を振り払えなかった。

「いいよ」カーソンはララの唇を見つめた。

ララは彼のたくましい体にまた震えが走るのを感じた。そして彼は、一瞬腕の力を強める以外何もしなかった。それがララを安心させた。

カーソンはララの不安を感じ取った。欲望のあまりどうしようもなく体がわなないていたが、じっと彼の目を見つめているララの震える唇を自分から奪おうとはしなかった。ララは僕の情熱の高まりをわかっている。体をぴったり寄せあっているので、この欲望のしるしを感じ取ることができるはずだ。カーソンは待った。彼女が恐怖を乗り越えるほど強く僕を求める気持ちになるまでは、こちらから動いてはだめだ。

ララは爪先立ちになって、輪郭のはっきりしたカーソンの唇の隅に、そして唇にキスした。彼の唇の形とぬくもりを感じたら、始めたときと同じく、そっと離れるつもりだった。しかし、シルクを思わせる彼の唇のなめらかさに甘い記憶がよみがえった。心のどこかでカーソンの言うとおりだという声が聞こえた。悪いことを思い出すなら、よいことも思い出さなければ。

唇を開き、彼の口を深く味わうのはすばらしい感覚だった。

ララはおそるおそるカーソンの胸に手をはわせた。唇が一度、そして二度触れあい、腕をカーソンの首にまわして体をぴったりと重ねる。すぐに彼の腕が動いて、ララの体をさらに引き寄せた。ララは軽く唇を開いてまたキスした。カーソンの熱い舌がすべり込んできて彼女を深く奪ってくれることを期待して。

それがかなわないと知るとララは身を引き、カーソンを見上げた。彼は目は閉じている。じっと集中している顔つきを見れば、軽いキスを楽しんでいるのは間違いない。ララは安心してまた彼の口に唇を押しつけた。キスに応えて唇を開いてほしい。しかし、彼は唇を開かなかった。

わけがわからず不満な気持ちのまま、ララは思った。どうやったらカーソンの唇を開かせられるだろう。こんな官能的なふるまいで相手をリードするなんて、これまで経験がない。どんな男性に対しても、思いきって心と体の両方を差し出す気になるほど熱い思いを抱いたことがなかったのだ。そのせいで、愛を交わすことについてのララの知識は四年前からまったく進歩がなかった。今のキスをもっと濃密にしたいと思ったが、どうやってそうすればいいかわからなかった。

ララはもう一度、今度はやや強くカーソンにキスした。もう少しで彼を味わえるところまでいったのはよかったが、それでもまだ足りない。ララはまた身を引き、解き方がわからないパズルを見るように彼の唇を見た。

「カーソン？」

うなるような声が答えの代わりだった。

「どうして……」そこまで言って、ララの勇気は萎えた。今自分が考えていることを口にするのは、どんなキスよりなまめかしい気がした。もうあきらめようと思って身動きすると、カーソンの欲望のしるしが体に押しつけられるのを感じた。彼に求められているとわかり、彼女は勇気を奮い起こした。

「唇を開いてくれる？」ララは一息に言った。

「そうしてほしいのかい？」カーソンはゆっくりとほほえんだ。

「ええ。でも、どうすればあなたがそうしてくれるのかわからないの。つまりその、あなたの気持ちがどうなのか……」ララは言葉を止めた。彼の気持ちなら動かぬ証拠がある。

「とにかく、はっきり口に出す以外に、あなたに唇を開いてほしいと伝える方法がわからないの」ララは頬を赤らめ、彼のシャツに顔をうずめた。「ああ、カーソン。私、どうしていいかわからないわ。私が知っているのは、四年前あなたが教えてくれたキスだけだから」

カーソンの顔に浮かんでいた情熱は一瞬のうちに驚きに変わった。この四年のうちにララが男性にすべてを捧げていなかったとしても、濃厚な愛撫の経験ぐらいはあるだろうと彼は思っていた。

官能をすべて封じ込めるほどララをひどく傷つけてしまったことに、カーソンはショックを覚えた。〝愛している〟と言ったとき、ララは本気だったのに、当時僕は愛を信じていなかった。そして今も信じていない――ララのようには。それでも、ララの感情がどれほど深いか、そして彼女がどれほどひどく傷ついたのかがわかってきた。その感情の深みにも負けない熱い快楽を、ララに与えたい。

カーソンはララを引き寄せ、頭の上にキスした。「自分がどうしたいかを僕に教えるのは、何も悪いことじゃない」その口調はやさしかった。「それどころか、唇を開いてほしいと君の口から聞くのはぞくぞくするほどセクシーだ。口に出して言うのが恥ずかしいなら、舌で僕の唇を撫でてくれればいい」彼は胸の奥で笑った。「そうすれば、間違いなく伝わるから」

ララは顔を上げ、カーソンの目にやさしくからかうような表情と期待、そして欲望を見て取った。彼女はほほえんだ。「わかったわ」

そしてまた爪先立ちになり、彼の唇に唇を寄せて感触を楽しんだ。ゆっくりと口を開き、おずおずと舌で彼の下唇をかすめるように愛撫して、その舌を深く切れ込んだ上唇にすべらせた。カーソンの体が震え、うめき声がもれる。唇が開き、ララの愛撫を正確に繰り返した。

ララの口からカーソンの名を呼ぶ声がため息となってもれた。舌と舌が出あい、退き、また触れあった。これではまだ足りない。しっかりと唇を合わせ、舌で深く探ってほしい。あのときはそうだった。ララははっきりと覚えていた。どうしてほしいか伝えれば、あんなふうにキスしてくれるはずだ。

ララがカーソンの豊かな髪に指を差し入れると、帽子が下に落ちた。その指に押されるように彼の頭がララに引き寄せられる。彼女は頭を傾け、唇と唇がぴったり重なる角度を探った。二人の唇が合わさっても、ララは頭をゆっくりと前後に動かし続けた。あのときカーソンにそんなふうにキスされて、爪先まで震えが走ったのを思い出したからだ。

口元にララの熱い息を感じ、カーソンは快楽のため息をもらした。拷問を受けるような思いで彼はララの舌が自分の舌に触れ、望みを伝えるのを待った。背筋を伸ばすと同時に腕に力を込め、ララの体を持ち上げて顔と顔を合わせる。そして彼女の舌をじらし、奥へと誘った。官能の罠（わな）が閉じたとき、カーソンは彼女の唇を深く奪った。

ララの震えを感じて、カーソンの体に炎が燃え上がった。彼女を抱いたまま草むらに倒れ込み、舌だけではなく体を結びつけたいという思いを我慢するので精いっぱいだ。思いのあまりの激しさに、彼はおののいた。そして、その瞬間思い知った。ララに背を向けてから何人かの女性と関係を持ったが、そのときの欲望は本物ではなかった。こんなふうに血がわき立って腿の間に集まり、頭がくらくらすることはなかった。

荒々しいほどのため息をもらして、カーソンはゆっくりとララを下ろした。このまま突っ走って、彼女を押し倒し、その甘いやわらかさを心ゆくまで味わいたいという欲望を抑えるにはどうしたらいいのだろう。

カーソンが腕をゆるめると、足の力が抜けていたせいでララはぐらついた。もし手を離されていたら、彼の体にそってずるずるとへたり込んでいただろう。支えていてもらわないとくずおれてしまうという思いが、彼から唇を引き離して激しいキスを終わらせる勇気をララに与えた。

「抱いていて」ララは言った。その声はハスキーで、自分の声に聞こえなかった。「脚が――」彼女は笑った。「あなたのおかげでひどいありさまだわ。骨がなくなったみたい」

「君がそれを言うとはね。同じことを言おうと思っていたんだ」無意識のうちに、カーソンは頭を下げてふたたび唇を重ねた。そして自分のしていることに気づいた。追うほうにまわっている。彼は顔を上げ、ため息をついた。「君はウィリーの密造ウイスキーより強い」

ララは目を丸くし、ほほえんだ。膝に力が入らないのは自分だけではなかったようだ。

「そう?」その声はハスキーで、謎めくように揺れている。「うれしいわ」

カーソンがうめき声をあげた。ララはそれを耳と同時に体で感じた。ふたたび彼の唇に目を移した。激しいキスと、体中に強く脈打つ血のせいで唇が赤くなっている。ララはゆっくりと爪先立ちになり、カーソンの胸に体を預けた。ブラウスを通してぬくもりとたくましさが伝わってきて、彼と同じぐらい胸の鼓動が速くなった。目を閉じて体を伸ばし、やっと唇が触れあうぐらいに顔を近づける。そして、舌で吐息のようにやさしく彼の唇を撫でた。

「わざとやっているのか?」カーソンの声は官能的で荒々しかった。

「何を?」

「僕をじらすのを」

ララの舌先が、ほほえみを浮かべる彼の唇の隅を愛撫する。「私、あなたをじらしてる?」

「ああ」しかしその言葉には怒りはなく、歓びと笑いと欲望がにじみ出ていた。

ララは突然、昔カーソンにじらされたときのことを思い出した。彼の下唇を歯ではさみ、そっと引っ張ると、舌先を中にすべり込ませた。カーソンの笑い声が欲望のあえぎに変わる。彼が舌を入れてきたので、ララは息が止まりそうになった。

彼女が唇を開くとカーソンは頭を傾け、熱くなめらかに唇を合わせた。どちらが追うほうでどちらが追われるほうか、そんなことはもうどうでもいい。

ララはそのキスが全身を震わせ、長い間眠っていた感覚に火を灯(とも)すのを感じた。舌と舌の触れあい、彼の味、ぬくもり、快楽。ララは喉の奥からうめき声がもれていることにも気づかなかった。たった一度のキスで二人の間の溝と年月を埋めようとするかのように、胸が彼の胸に押しつけられ、唇が激しくぶつかりあっていることにも気づかなかった。

カーソンは全身の力を振りしぼってゆっくりとキスを終わらせた。それでも、人生をかけた争いを終わらせる最後の希望であるかのように、ララを抱きしめる手はゆるめなかった。これほど女性をほしいと思ったことはない。ララに背を向けたあの夜でさえ。

「キスにこんなに熱くさせられるとは知らなかった」かすれた声で彼は言った。「一休みさせてほしい。そうしないと、約束を忘れて君を草むらに押し倒してしまいそうだ」

その言葉にララは魅せられたが、不安も感じた。カーソンは彼女のばら色のやわらかな唇に情熱を、体をこわばらせた様子におびえを読み取った。そしてゆっくりうなずいた。

「わかっている。まだ早すぎると思っているんだね」

ララは目を閉じた。「ごめんなさい」

カーソンは親指で軽く繊細な唇を撫で、ララの言葉を止めた。「いいんだ、リトル・フォックス。あやまることなんかない。あのキスでじゅうぶん以上のものをもらった」

「でもあなたは……あなたは……」

彼女はどうすることもできず、カーソンの欲望を示す下腹部に目を落とした。その視線を追った彼は苦い笑みを浮かべた。

「たしかにそうだ。気になったならすまない。でも、君のそばにいるとどうしようもないんだ」

「すまないって、あなたは平気なの？」

カーソンはやさしく笑い、ララの額にそっとキスした。「ハニー、あんなキスのあとでジーンズの中にポケットナイフしかないとなったら、そっちのほうが心配だろうな」

ララは唇を噛み、黒いまつげの下からカーソンをのぞき見て笑うまいとした。しかしどうしても我慢できずに吹き出してしまった。

「それなら」笑いの合間に息をしながら、彼女はカーソンに手を差し出した。「歴史につながる〝破滅への道〟を案内してあげるわ」

「破滅への道は花が咲き乱れているというじゃないか」カーソンはララの手に自分の指をすべり込ませた。「歴史よりもっと興奮するものにつながっていると思っていたが」

「それは〝興奮するもの〟の定義によるわね」

「僕の定義は知っているだろう」

ララは頬を赤らめたが、それは恥ずかしさではなく歓びのせいだった。「さっきのこと、気に入った？」あのキスが現実なのがとても信じられない思いで、彼女はたずねた。

「もちろんだ」カーソンはララにちらりと目をやった。「本気だよ。でも、学者というのは証拠を目にしないと納得しないように教育されているらしいね。なんなら、自分で証拠を捜してくれてもいい。僕のポケットに手を入れればすぐにわかる」

まじめに勧めているようでもあり、秘めた部分をさらけ出すようでもある彼の言葉に、ララは頬を赤らめるのも忘れてしまった。彼のジーンズのポケットに手を入れることを考えただけで、体の奥深くがうずくのがわかり、ララは軽い驚きを感じた。

きっと、ポケットナイフどころではない何かが手に触れるだろう。

「そうね、とりあえず今は、ロッキング・Bの最初の境界標識を捜すことで満足するわ」ララはカーソンと目を合わせられなかった。口元に浮かんだ女らしいほほえみを抑えることもできなかった。

そのほほえみを見た瞬間、カーソンの体をむき出しの欲望が貫いた。彼はゆっくりと手を動かし、さっき舌でそうしたようにララのてのひらを愛撫した。「何から始める？」

ララはすぐにはカーソンの質問の意味を理解できなかった。てのひらの上でなまめかしく動く彼の手のせいで、歴史のこともロッキング・Bの境界標識のことも考えられなくなった。

「始めるって、何を……？」彼女は言葉を止め、カーソンの目を見た。

日の光が彼の瞳を美しいトパーズに変えていた。さっき指をすべり込ませた髪には明かりがからみついている。斜めから差す夕日が髪を黒に近いブロンズ色に輝かせている。彼が息をするたびに色と光が変わり、ララを魅了した。

「ララ?」

ララはまばたきしたが、彼の姿は消えなかった。カーソンは今も目の前にいて、夕日に輝いている。大地そのものが凝縮したように力強く、完璧だ。

「ララ?」どうして彼女は急に黙り込んだのだろうと思い、カーソンはやさしくたずねた。

「あなたって本当に……完璧だわ」ララの口から言葉がついて出た。

つかの間、カーソンの喉を締めつけたのは欲望ではなかった。ララはこんなにも信頼してくれている。こんなに……完璧に。自分はとても彼女にはおよばない。

「とんでもない」カーソンはあまりにまぶしくて目を開けていられなかった。「そうであればいいと思っている。君のために。君だけのために。でも、僕は完璧じゃない。君を失望させるようなことがあったら、それを思い出してほしい。そして僕を許してほしい」

ララはカーソンに手を差し出す前に引き寄せられるのを感じた。泣くまいとしながら、そしてカーソンが目を閉じる直前に見せた痛みをやわらげてあげたいと思いながら、ララはぎゅっと彼を抱きしめた。

「だいじょうぶよ、カーソン」かすれた声で彼女は答えた。「何があってもだいじょうぶだから」

カーソンはララを痛いほど抱きしめた。決してだいじょうぶではない。彼は、自分のしたことを知ったときララが許してくれることを祈った。

8

「本当にだいじょうぶ？」ララは心配そうにたずねた。

「医者は、二週間も休んでいればくるぶしは治るって言ってましたよ」ヨランダは弾性包帯を巻いた左のくるぶしを指し示した。そしてほっとため息をつき、足をクッションにのせて、彼女のコテージの小さなリビングルームにでんと置かれている厚い詰め物をしたすりきれた椅子に背をもたせかけた。「私のことは心配いりません。姉の娘が明日来るまで宿舎のコックのモーズが、食事を持ってくるって言ってくれましてね。それに牧童たち……彼らったら牛を見まわるより頻繁にうちに来てくれるんですよ」

たしかにそのとおりだと思いながら、ララはにっこりした。ヨランダがラグで足をすべらせてくるぶしをくじいて以来、二つのことが変わった。一つは、ロッキング・Bのラグがすべて消え失せるか固定されるかしたこと。もう一つは、牧童が代わる代わるヨランダの様子を見に行くようになったことだ。

「頼みたいことが一つあるんです」ヨランダがゆっくりと言った。「もし、あなたがいやでなければね」

「いやじゃないわ」ヨランダが何をしてほしいのか聞こうともせずにララは言った。「何をするの？」

「旦那(だんな)さまはモーズの料理が嫌いなんですよ。夕食を作ってもらえるとありがたいんだけど」

「わかったわ」

ヨランダはにっこりした。

「すみませんねえ。これで安心できる。急いだほうがいいですよ。彼は体が大きいし、おなかをすかせてるし、時間も遅いし」

ララは腕時計を見た。「町に買い物に行ったほうがいいかしら？」

「だいじょうぶ。料理人が必要とするものは全部そろってます」ヨランダは目を閉じて笑顔になり、ゆっくりうなずいた。「一つ残らず」

うしろ手にそっとドアを閉めると、ララは牧場の道を渡って家に急いだ。カーソンに料理を作るのは大変でもなんでもない。最近の彼は自分の家よりチャンドラー家で食事するほうが多いぐらいだ。それに、書類や写真や遺品などのブラックリッジ家の保管書類に目を通していいか、たずねるチャンスになる。

ララは何度かそのことをほのめかしてみた。そのたびにカーソンの表情が変わり、彼がロッキング・Bの過去、そしてブラックリッジ家とチャンドラー家の歴史に面と向かう気持ちになれないのだとララはさとった。

家庭菜園と冷蔵庫をざっと確認したララは、ヨランダがロッキング・Bだけでなく近隣の牧場の食事までまかなえるほどの食料を準備しているのがわかった。ロースト料理を作るにはもう時間がなかったが、夕食にはぜいたくなほどの分厚いステーキ肉があった。菜園をまわると、新じゃがいもと小さなサイズのにんじんとえんどう豆が見つかった。カーソンは生のほうれんそうが大好きだが調理すると食べないことを思い出し、ララはサラダ用に葉野菜を二つかみ分取った。そしてハミングしながら野菜をキッチンに持っていった。

キッチンのすぐそばの洗濯室に入ってくるカーソンの足音を耳にするころには、家中に夕食のにおいが漂っていた。ララは、彼が汗と汚れを流す音が聞こえていたが、背後からキッチンに入ってきたのは気づかなかった。いつものようにカーソンは洗濯室でブーツを脱ぎ、裸足(はだし)でキッチンに入ってきたのだ。モカシンもあったが、かなり寒くならないかぎりはこうとはしなかった。

「こんなにいいにおいがしているところをみると、ひどい料理だと言ったことをモーズにあやまらないといけないな」カーソンは、シンクでほうれんそうを洗っているララのすぐうしろにやってきた。そして両腕を彼女のウエストにまわし、うなじに鼻をすり寄せた。「君は食べてしまいたいぐらいすてきだ」そして温かい肌の上に舌を走らせた。「それに味もいい。気をつけてくれ。僕は飢えているからね」

カーソンの鼻の下にほうれんそうの葉が差し出された。彼はうなり声をあげて葉にかぶりつき、そのままララの指先まで口に入れてやさしく噛んだ。ララが笑って彼の腕に飛び込み、おかえりなさいのキスをした。一週間ほど前に二人で手をつないで境界標識を捜したとき以来、カーソンに対する警戒心はかなり薄れているようだった。欲望は隠せないものの、彼は約束を守った。情熱的にキスすることも何度かあったが、ララがそれまで許した以上のものを求めることはなかった。

ララにはキス以上のものを求める気持ちがあった。しかし、そのためには自分がリードしなければならない。カーソンは、深まりつつある二人の仲にララが不安を感じないよう、とても気を使ってくれている。理解を示しながら情熱的でもある彼の態度に、ララは大事にされていると感じた。最近ではカーソンに触れられるたびに、ためらいもなく応えるようになっていた。

カーソンは自分の体にぴったりと合わせるようにやさしくララを引き寄せた。官能的なまでに繊細な触れあいに互いの体に震えが走った。どちらが与え、どちらが奪うか、どちらが追い、どちらが追われるかは関係ない。二人がともに歩み寄ってするキスは、ララの体の奥深くに炎を灯した。彼女はカーソンのたくましい体に引き寄せられるのが好きだった。彼の欲望の高まりを感じ、そうさせたのが自分だと思うと喜びに震えた。

ララは長いキスが終わってカーソンの顔を見上げて初めて、疲労の影と目の下のくまに気づいた。

「カーソン」やさしく彼にキスしながら、彼女は言った。「疲れているのね。夜はよく寝ている？　心配事でもあるの？」

その質問に彼の体がこわばった。「寝ているよ」そしてララの唇の隅にキスした。

カーソンは、求めるものすべてを失うのを承知でララにあのことを打ち明けるか、永遠に秘密のままにしておけますようにとただ祈るか、そのどちらを選ぶかに悶々として毎晩寝られずにいることは話さなかった。ララが気づかずにいる保証はない。だがもし気づいたとしても、それはずっと先のことだろう。そのころには理解してくれるはずだ。二人で築いた人生を大事に思い、許してくれるはずだ。

「牧場がうまくいってないの？」おずおずとララはたずねた。「相続税が――」

「違う」その声は乱暴といってよかった。「ラリーが万事手を打っておいてくれた。いまいましいほどに！」

カーソンが腕に力を込め、頭を下げるといっきにララの唇を奪った。今の言葉はどういう意味だろうとララは思ったが、いつものように熱いキスで理性は吹き飛んでしまった。心の隅では、ロッキング・Bやカーソンの父のことが話題にのぼるといつもこんなふうになると気がついていた。だが、それ以外の部分ではカーソンの探るようなキスに秘められた欲望に応えてしまった。どうしていつも情熱が高まってしまうのだろう。ララにわかっているのは、その欲望に応えたい、カーソンの心と同じく体も癒したいという強い思いだけだった。

軽いキスを繰り返して離れがたい気持ちを伝えあいながら、ようやく二人は体を離した。

「シャワーを浴びてくる」かすれた声でカーソンは言った。「僕はスカンクみたいなにおいがするだろう」

ララはにっこりした。「一生懸命働いた人のにおいがするわ。セクシーで……とってもすてき」

彼はあとずさりした。「そんなふうに言われると、いっしょにシャワーを浴びないかと誘ってしまいそうだ」顔は笑っていたが、真剣でもあった。

カーソンはそのまま背を向けたので、二人でシャワーを浴びることを想像してララが目を丸くしたのも、はっと息をのんだのも気づかなかった。服を脱いで彼と二人きりになるなんて。彼女は恐怖がわき上がるのを覚悟したが、一瞬不安になっただけですぐに欲望にかき消されてしまった。

「あとどれぐらいで食べられるかい？」カーソンは振り向かずに言った。

「どれぐらいがいい？」

「十五分ほしいな」

「いいわ」

カーソンが戻ってくるまでの十五分は、ララにはとてつもなく長く感じられた。

「またキスしたいんだが、ディナーがすっかり冷める前に止められる自信がない」

とかしたばかりのカーソンの濡(ぬ)れた髪と口元のほほえみを見て、ララは自分も自信がないと思った。彼女はてきぱきと夕食を並べ、カーソンの右手に座って食べ始めた。そして食事の合間に水や牧草のこと、子牛と親牛のこと、牛肉と飼料の値段のことをたずねた。季節ごとに変わるロッキング・Bの仕事の流れはいつもララを魅了した。

「……で、獣医が言うには、三頭の牛があいついで死んだのは偶然だそうだ」カーソンが言った。

ララは大きく安堵(あんど)のため息をついた。「あなたが夏の初めに買った牛が病気を持っていたんじゃないかと心配していたの」

「三頭目が死んでからは僕もよくそう思ったよ。でも、老衰だった。厳しい冬だったし、年老いた牛は子牛を育てるのに疲れたんだろう。だが、いい牛を産んでくれたよ。しっかり育ちそうだ」

「私もそう思うわ。私が哺乳瓶(ほにゅう)を持ったとき、子牛に脱臼(だっきゅう)しそうになるほどすごい力で引っ張られたもの」

足を踏ん張り、大きな哺乳瓶で雄の子牛にミルクをやっていたララの姿を思い出し、カーソンの目が楽しそうに光った。二人は、ミルクをむさぼり飲む子牛に哺乳瓶を取られまいとがんばったが、笑いすぎて結局干し草に倒れ込んでしまい、子牛は飛び散ったミルクをなめまわした。

あのとき、二人は子牛も納屋もそばの仕切りで働いている牧童のことも忘れた。カーソンはララを引き寄せてキスしたが、おびえの感じられないやわらかな彼女の体に、痛いほどの欲望を覚えた。

「君にならいつでも赤ん坊たちの面倒をまかせられる」椅子の背にもたれて、カーソンが言った。ダイニングルームの温かな明かりのもとでその目が金色に輝いている。

強いまなざしに、ララは息が苦しくなった。彼の赤ちゃんにミルクをやるなんて――赤ちゃんといっても、もちろん牛のことではない。そのとき、彼女は気づいた。カーソンの子どもが体内で育ち、人の手では断ちきれない絆で二人の人生を結びつけることを自分がどれほど望んでいるかということに。

「うれしいわ」彼女はささやいた。体を震わせる感覚と同じくらいやさしい声で。

その言葉を聞いて、ララが子牛のことを言っているのではないことにカーソンは気づいた。

「ララ――」

ララが唇についたパンくずを取ろうと舌をちらりと見せたのを目にして、彼の言葉はそこで止まってしまった。うめき声とともに彼はララに顔を近づけて唇を重ね、角度を変えて彼女の唇を開かせた。胸をうずかせるようなゆっくりとした舌のリズムでキスを深める。ようやく頭を上げたとき、二人とも息を切らしていた。

「ウイスキー並みだ」

以前はカーソンの顔にむき出しの欲望が浮かんでいるのを見ると、ララは顔を赤らめたり不安を感じたりした。今は彼の欲望を見ると、息苦しくなった。

「コーヒーを作ってくれ」唐突に、カーソンは立ち上がった。「僕は皿を洗う」

「手伝うわ」

「ハニー」その声は荒々しかった。「キッチンで君に少しでも触れたら、君を床に押し倒してしまいそうだ」キスで赤くなったララの唇が開き、はっと息をのむのを見て、カーソンは一糸まとわぬララを組み敷き、彼女が熱く求めるさまを見たいと強烈に願った。「そんなふうに見ないでくれ」その口調に乱暴なところはなく、愛撫(あいぶ)しているように響いた。

「そんなふうに、って？」

「僕をデザート代わりに食べたいと思っているみたいに」

カーソンは燃える黄金のような目を細め、そして気づいた。ララはそんなふうに僕に触れようと思ったことがない――ところが今、そのことを考えて脈を速くしている。ララの肌に震えが走るのを見て、カーソンは彼女を抱きしめたいのを必死に我慢した。

ララは彼のたくましく、欲望に飢えた体から視線を引き離した。「コーヒーね」消え入るように彼女は言った。

今、口を開けば自分でも何を言うかわからない。カーソンは両手に皿を持ってキッチンに行った。しばらくするとララがキッチンに入ってきて、カーソンが愛用している古いドリップ式のコーヒーポットを火にかけた。

「カーソン？」どんどん危うくなる感情のバランスが崩れるのを恐れるように、ララはおずおずとたずねた。

「なんだい？」

うながすようなカーソンの声に、ララは安心して続けた。「今夜、ブラックリッジ家の書類や写真を見せてもらってもいいかしら？」彼女は一息に言った。これまで何度もそうだったように、質問の途中で話題を変えられたら困ると思ったからだ。

カーソンは、用心深い歴史家を自分のほうへ引き寄せるえさとして自宅保管の資料を持ち出したその日から、うまくその問いをかわしてきた。話題を変えたい。彼は思った。ララのものではあるが僕のものではない過去が詰まったブラックリッジ家の資料をくまなく調べることを許すぐらいなら、どんなことでもする。過去の冷たい影は現在に、そして未来にもおよび、せっかくララとの間に築き上げた友情と情熱をはかなくも打ち砕いてしまう。

しかし資料を見せるのをいつまでも断り続ければ、ララは僕の態度の裏に過去への嫌悪どころではない何かがあると思うだろう。そしてあれこれ質問するだろう。答えを見つけ出すまでやめないに違いない。ララの気をそらすことはできない。喜びと根気をもって歴史のかけらを見つけ出すララの性格は、息をのむような青い目と同じく彼女の特徴の一つなのだ。

カーソンはある年代以降の資料を注意深く保管箱から取りのぞいておいたが、それでも箱をララに渡すのは避けたかった。そこには、ラリー・ブラックリッジが道徳的には言語道断だが法的には問題のない遺言を書くことになった動機のヒントがたくさん残されているからだ。

カーソンは、ララの知的で好奇心いっぱいの目をロッキング・Bの近年の歴史に向けさせたくなかった。これまでララの好奇心を刺激せずになんとかごまかしてきた。こうなれば、資料を渡してしまうほうが渡さないより害が少ないかもしれない。

過去のせいで、二つの最悪な選択肢からましなほうを選べと迫られる——彼はそれもいやだった。しかし、これが初めてではない。そして最後でもないはずだ。

「コーヒーを書斎に運んでくれ」カーソンは静かに言った。「僕が行くまで、まわりのものをさわらないように。コニャックも持っていってもらえるとありがたい」

カーソンの口調と、ララが書斎に一人で入ることを警戒するような言い方に彼女は驚いたが、何も言わなかった。そしてコーヒーを保温用のサーバーに注(つ)ぎ、大きなマグ二つといっしょにトレイにのせて酒が入っているキャビネットに持っていった。磨き抜かれた胡(くる)桃(み)材の扉を開けると、酒のボトルとグラスが並んでいた。カーソン用にブランデーグラスを取り、ちょっとためらってから自分の分も取った。コニャックを味わうのも悪くない。

「左にデカンターがある」食器洗い機に皿を入れていたカーソンは目を上げずに言った。

「四角いやつだ」

　ララはシャロン・ブラックリッジご自慢のカットグラス製のデカンターの数々を眺めた。色も度数もさまざまなアルコールが入っている。一つだけ真四角のものがあった。中には、まさにカーソンの目と同じ色調の液体が入っていた。

　書斎のドアは少し開いていた。ララはドアを肩で押し、幅の広いトレイを運び込んだ。床にもコーヒーテーブルにもソファにも箱が積み上げてあった。箱が置いていないのはカーソンのデスクだけで、代わりに書類や繁殖記録簿や牧場の帳簿がのっていた。さいわい、トレイを置く場所はあった。さっきキッチンで彼にあんなことを言われたので、ララは部屋の箱を一センチも動かすまいと思っていた。

　トレイをデスクに下ろし、コーヒーとコニャックを注ぐ。そして開いている箱の中を見ないように注意しながら、ソファの箱と箱の間に座った。

　見るかぎりでは、どの箱も新しかった。どれもおおまかに分類してある。書かれた文字は——銀板写真、牧場の帳簿、故人の遺品、古い写真など——どれも力強く太い筆跡だった。きっとカーソンの字だわ。噂(うわさ)では、死ぬ直前のラリー・ブラックリッジは数世代分の記録を調べるような力仕事はできないほど弱っていたらしいから。

カーソンは入口に立ってララが箱を眺める様子を見つめていた。彼女は気づかないようだ。その顔には好奇心とはやる気持ちが表れている。つかの間カーソンは、ララが騎士やドラゴン、王族、古代都市などに興味を持っていてくれればよかったのにと思った——牧場経営の歴史、特にロッキング・Bのこと以外ならなんでもいい。

ところが、ララの情熱はつねにそこにあった。彼が〝本物の〟ブラックリッジの人間になることに情熱を持っていたように。

カーソンは言葉もなく部屋に入り、ソファから箱をどけると、マグとブランデーグラスをつかんでララの隣に座った。一言も話さないでいると、ララが好奇心をつのらせながら彼を見つめているのがわかった。ララの反応からすると、心のうちがそのまま顔に出ているようだ——冷たく、けわしく、固く閉ざされた心のうちが。カーソンは書類の箱に足をかけ、いきなり蹴(け)り落とし、コーヒーテーブルにブラックリッジ家の歴史の残骸(ざんがい)以外のものをのせるスペースを作った。

ララは空のマグとほとんど手をつけていないコニャックを、空いたスペースの彼のグラスの隣に置いた。そしてみじめな気持ちで唇を噛み、カーソンに向き直った。

「これは不公平だって、今気がついたわ」ララは静かに言った。「うちには祖父の日記や思い出の品が入った箱が六つあるんだけど、勇気がなくてまだ一箱しか開けていないの。写真や大事な遺品を調べると思っただけでつらくなるのよ」急に涙があふれ、彼女は目を閉じた。「そんな気持ちとたたかって祖父の日記を読む代わりに、私はここへ来てあなたの家族の記録を、あなたの痛みをひっかきまわそうとしてる。ごめんなさい、カーソン。私はわがままだわ。自分のことしか考えていなかった」

たくましい腕が体に巻きつき、ララはカーソンの膝の上へと引き上げられた。彼はララの頭を肩にもたれさせ、何度もやさしくキスした。

「君はやさしいんだな」かすれた声でカーソンは言って、ララのまぶたにキスした。「誰かが君に手取り足取り教えても、君はわがままになんかなれないよ」

ほほえもうとすると、ララの唇は震えた。「ああ、カーソン」突然ララはつぶやき、彼の首に顔をうずめた。「ときどき祖父のことが無性に恋しくなる……」彼女の声はとぎれた。

カーソンはララを抱く手に力を込め、ゆっくりと揺すった。「泣くといい」そして、つややかな黒髪を撫で、額にキスした。

「泣いて気分が軽くなる痛みじゃないの。でも、これならだいじょうぶかもしれない」ララは目を閉じ、カーソンのぬくもりがそばにあるありがたみをひしひしと感じた。「こんなふうに抱いていてもらうと……癒されるわ」

「そうだな。僕も同じだ」

しばらくはカーソンの手が漆黒の髪を撫でる音しかしなかった。やがて、彼が静かに話し出した。

「ラリーは君と似ていた。ブラックリッジの家族の歴史に、血筋に取りつかれていた。十一世紀のヘイスティングスのたたかいから始まってラリー・ブラックリッジで終わる家系図を持っていたぐらいだ」カーソンはおもしろがっているようでもあり、ばかにしているようでもある言葉をはさんだ。「曾祖父(そうそふ)のブラックリッジ――それとも、そのまた父親だったかな――から以前はあやしいものだと思うがね」彼は肩をすくめた。「とにかく、それがあのウィンディ・リッジの丘で君が見つけられなかった境界標識の石を積んだ人だ。そこから前はたわごとさ」

カーソンは前かがみになり、片手でララを抱いたまま、もう一方の手でコニャックのグラスを取った。そしてララに一口すすめ、少し口をつけた彼女が唇をなめるのをむさぼるように眺めた。どれほど代わりになめたいと思ったことだろう。頭を傾け、その唇の甘いぬくもりを味わいたい。だが、話すのが先だ。どうして過去をこれほど忌み嫌っているのか、ララにわかってもらわなければならない。僕自身に対する好奇心を薄れさせるためには……そして何より、その好奇心がより危険な方向に向かわないようにするために。

　カーソンは顔をしかめてコニャックを一口飲み、ため息をついた。いちばん苦手なこの話をどこから始めたらいいのだろう。彼はまたソファにもたれた。膝の上でバランスをとるララのかすかな動きが、まるで耐えがたい拷問のようだ。いろいろな意味で、男にこれほど女性を求める気持ちがあるとは知らなかった。これが初めてではなかったが、彼は、今も自分の人生に影を落とし、引き裂くことさえしかねない両親のいさかいを呪った。ララが彼を求めた四年前に結婚しておくべきだった。

　でも、あのときは無理だった。

「しばらくは、僕も君やラリーみたいにブラックリッジの家系図や歴史に夢中だった。まだ若造だったんだ。いつか〝愛する育ての父〟が僕を見て、押しつけられた子じゃなく自分の息子だと思ってくれる日が来ると信じていた」

　ララの目が丸くなり、暗くなった。彼女はその言葉の意味をきき直したかった。ラリーは養子を迎えたくなかったのだろうか？　もしそうなら、どうして養子をもらったのだろう？　しかし過去の痛みと怒りに顔を暗くこわばらせているカーソンを見ると、胸が痛んだ。よけいなことをたずねて傷つけたくない。静かに聞いていれば、いずれその問いに答えてくれるかもしれない。

　カーソンはクリスタルのグラスに入った豊かな琥珀色の液体を何度も揺らしていたが、やがてまた話し出した。

「だがどんなに努力しても、どんなに望んでも、ラリーは僕を息子とは見てくれなかった。子どもは自分を育ててくれる男女を本当の意味での両親と思って育つし、愛し愛されたいと思うものだ。でも、ラリーはそんなことを考えたことすらなかった」

憎い過去を振り払うかのように、カーソンはいらだたしげに肩をすくめた。

「ラリーが親として唯一関心があったのは、自分の血筋を残すことだけだった。それ以外はラリーにとっては感傷的なたわごとだった」カーソンはコニャックを揺らし、そっと付け加えた。「君のお母さんのこと以外はね。あのときだけは、ラリーも愛に近いものを感じたと思う。それから君に対しても。君の血のために。それは彼の血でもある」

ラリー・ブラックリッジ。血筋へのこだわりに永遠に呪われるがいい。カーソンは声に出さずに苦々しく考えた。生きているときは、そのこだわりでまわりの人間を苦しめたのだから。

ララの腰を支えるたくましい手に、彼女は手を重ねた。ララはなんと言っていいかわからなかった。彼の心のうちは言葉よりもっと苦しいに違いないとわかっていたからだ。

「あなたが悪いんじゃないわ」彼女はカーソンの手を持ち上げ、ゆっくりと頬にすり寄せた。「あなたは普通の親が息子に望むようなものは全部備えてる」

カーソンの短い笑い声に、ララは顔をしかめた。「ラリーが普通の親じゃなかったのが残念だよ。だが、もう終わったことだ。あいつは生きている間にたくさんの人を苦しめてきた。未来にまで苦しみをもたらすことは許さない」

静かな部屋にその声が響いたとき、カーソンはずっと自分を眠らせなかった疑問に対する答えを知った。だめだ。ララに話してはいけない。シャロンとラリー・ブラックリッジのいさかいの苦い結末は二人とともに地中深くに埋められた。二度と日の目を見ることはない。

「未来に」カーソンはコニャックのグラスを掲げた。「過去なんかくそくらえだ」

彼は一息に飲み干した。そして体を前に傾けると空のグラスをもう一つのグラスに持ちかえ、ララを膝にのせたまま、また椅子の背にもたれた。

「どこまで話したかな？　そうそう、貴重なブラックリッジ家の資料のことだ」

ララはまた顔をしかめたが、何も言わなかった。今ならカーソンの苦々しい言葉も理解できる。この部屋にあるすべてのものは、彼が必死になって加わろうとした家族の記録だ。しかし、ラリー・ブラックリッジはカーソンをたまたま一つ屋根の下に住むことになった同居人以上の存在だと認めようとはしなかった。

カーソンがそんな育てられ方をしたかと思うと、ララは同情で胸が痛んだ。彼女は私生児だということで苦しんだときもあったが、愛されているという確信はいつもあった。シャロン・ブラックリッジが養子を愛せないラリーの分の埋めあわせをしてくれればよかったのに。そう思いながらも、それでもきっとうまくいかなかっただろうとララは考え直した。シャロン・ブラックリッジは愛情あふれるというより高慢なタイプだったからだ。「これを見てくれ」彼はコニャックのグラスを半円を描くように振りかざし、箱であふれる室内を示した。「この中にラリーを尊敬できるようになるヒントがないか、僕は時間をかけて探したんだ。ブラックリッジ家のためにラリーがしたことを学べば、自分もその一員になれるような気がしたんだろうな」

カーソンは乾いた笑い声をたてたが、ララを抱く手にはやさしさがあった。ため息をついて体を起こすと、彼はララの黒髪に唇を寄せた。

「僕は学士号を取るのと同じぐらい必死になって家族の歴史を学ぼうとした。だが、だからといってブラックリッジの一員になれたわけじゃなかった。何をやってもだめだった。ずっとラリーにそう言い聞かされたせいで、信じ込んでしまったんだ。僕はブラックリッジの人間ではないし、この先もそうはなれない。だからあいつが死んだあと、このがらくたを全部燃やしてしまおうかとさえ思ったんだ」

これほど貴重な記録が失われることを考えると、ララは思わずため息をついた。目を見開いてカーソンの顔を見つめる。以前なら、彼の口の隅に浮かぶほほえみを無情で冷たく残酷にさえ見えると思っただろう。でも、今は違う。いかめしい外見の下には痛みが見えた。どんなにがんばっても決して受け入れられなかった子どもの面影が見えた。

ラリーが死んで、カーソンはある意味でほっとしたのだろう。ロッキング・Bは今はカーソンの家だ。ようやく自分の居場所が手に入ったのだ。

ララは、カーソンの食いしばった顎に顔を近づけて温かく、かすかにざらつく肌に軽くキスした。顔をこちらに向けた彼の瞳は、追いつめられたピューマの目のように燃えていた。彼の口づけはコニャックと炎の味がした。キスが終わると彼はまた、澄みきって熱い、ピューマのようなまなざしでララを見つめた。

「だが、思いとどまった。正しい人の手に渡ればこのブラックリッジの記録も役に立つかもしれない。これは全部君のものだ。この資料に喜びを感じてくれることを願うよ」

9

コーヒーテーブルの上にかがみ込み、次の箱に取りかかるララをカーソンは見守った。床には書類、写真、記念の品が十年ごとに分けて置いてある。ララが積み上げた資料が床に崩れ落ちそうになったのを見て、彼は大きな手でそれをまとめた。

「それは何年代の資料だい？」あくびを嚙み殺しながらカーソンはたずねた。

返事が聞こえたような気がしたが、よくわからなかった。

「ララ？」

ララは手に持っている写真から顔を上げた。涙が目の青さをより深く見せている。彼は資料を取り落とした。写真や紙が床に散らばった。

「どうしたんだ、ハニー？」カーソンはララに手を伸ばした。

ララは何も言わずに色あせたスナップ写真の束を差し出した。「こんな写真がまじっていたの。なぜだかわからないけど」

カーソンはいちばん上の写真を見た。流れに削られて丸くなった花崗岩、豊かに渦巻くビッグ・グリーン川。ロングプールだ。白っぽい花崗岩の上で一人の女性が手足を伸ばし、人目を気にする様子もなく太陽の光を浴びている。ほっそりした優美な体つき、太陽と同じ色の髪。顔は写っていなかったが、その目が山あいの湖と同じ輝くような青であることを彼は知っていた。

「君のお母さんだね」声に疑問の響きはなかった。

ララはうなずいた。

彼は写真を見下ろしたが、その目は何も見ていなかった。この保管書類を調べたときに、自分の秘密を明かすものだけを探し出そうとしたのは間違っていた。母親の亡霊といきなり出会ってララが傷つくのを防ぐこともできたのに。カーソンはゆっくりとその写真をいちばん下にすべり込ませた。

ララの母ベッキーはシャッターの音に気づいたのだろう。二枚目では肘で体を起こし、カメラのほうを向いて笑みを浮かべている。まるで殴られたかのようにカーソンの口から息がもれた。この笑顔なら知っている。思いがけず会ったときに喜びで輝くララの顔だ。この写真を撮ったのが誰かわからなかったとしても、今はもう疑いはなかった。ベッキー・チャンドラーの顔をこんなふうに輝かせられたのは一人だけだ。十三年間ベッキーを愛人にしていた男、私生児を産ませた男だ。

次の写真は、カメラをのぞき込むベッキーの、息をのむようなクローズアップだった。

日の差し具合からすると、さっきの写真からかなり時間がたっている。ベッキーの唇はかすかにはれぼったく、頬は赤らみ、髪は乱れて顔を取り巻いている。たっぷりと愛されたばかりのけだるい官能的な女の姿だ。

いつかララと愛しあったとき、こんなふうに信頼しきった顔を向けてくれるだろうか。そう考えると、カーソンの体はこわばった。

最後の一枚を見たときは、ララだけでなくカーソンも凍りついた。ラリー・ブラックリッジのクローズアップだったが、それはカーソンが見たこともないラリーだった。ベッキーのカメラの前で父は愛情に満ちたゆとりの表情を見せている。

ベッキー・チャンドラーが撮影したのは間違いない。ラリーは彼女以外の人間にほほえむことなどなかったからだ。

それとも、ラリーは情熱だけでなく愛も感じていたのだろうか？　ベッキーのことを愛していたが、それだけでは足りなかったのか？　ロッキング・Bのほうを愛していたから、ベッキーよりそちらを選んだのだろうか？

ベッキーと土地の両方を手にすることは不可能だった。ラリーはどちらか一つを選ぶしかなかった。シャロンがそうさせたからだ。愛と土地との間で長いこと葛藤(かっとう)したすえ、ラリーはある結論を出した。その結果、もしララがラリーのしたことを知れば、カーソンは愛も土地も失うはめになる。

「私……母がこんなにきれいだって知らなかったわ」その声には痛みがあった。「私が持っている写真は、子どものころか私が生まれたあとのものばかりだから」

カーソンは自分の手にある甘く苦い過去のかけらを見下ろした。彼は、冷たく頑固で人の痛みなど気にせず我を通そうとするラリーが大嫌いだった。しかし、ラリーは二つの大きな愛に引き裂かれていた。しばらくは土地と女性の両方を手にしていた時期もあった。嵐が彼女を奪い、土地だけを残したとき、ラリーは前にも増して冷酷になった。

カーソンは、ラリーを父親になることを拒否した男としてだけでなく一人の人間として見られるような年ごろになっても、父のそういう面に目をやろうとはしなかった。ベッキーが他界したときカーソンは二十一だったが、父の悲しみには気づかなかった。気づいていたのは母の、そして自分の痛みと屈辱だけだ。彼は父を理解しようとはせず、やみくもに憎んでいた。

そしてカーソンは酸のようなその憎しみを一人の少女に投げつけた。彼とともに笑い、彼の一日の疲れを癒し、彼に情熱を感じさせ、彼を信用するという罪以外何もおかしていない少女に。

「初めて愛を知った女性はとても美しいそうだ」カーソンは静かに言って顔を上げた。

「アパートメントでピクニックをした夜の君ほど完璧な女性には会ったことがないよ」

ララの澄みきった瞳が思い出に曇り、顔に痛みが浮かんだ。

「あの夜の記憶は、君にとってはそういうことなんだな。痛み。屈辱。僕は君になんの喜びも与えられなかった。君のぬくもり、信頼、そして……愛に応えられるようなものは何も」カーソンの指から力が抜け、色彩の残る過去の断片が落ち葉のように舞い落ちた。「ああ、リトル・フォックス」震える声で彼はささやいた。「僕は死んでしまいたいほど何度も苦しんだよ」

カーソンは荒々しく立ち上がって出ていこうとしたが、ララが腰に両手をまわして引き留めた。

「そうじゃなかったわ！」ララは激しく言った。「あなたといると、まるで自分が世界一の美人になったような気がした。そしてあなたにキスされて、触れられたときは……」ララの声がとぎれた。彼女は愛撫するようにカーソンの色あせたジーンズに頬を寄せ、ぬくもりを感じ取った。「まるで火をつけられたみたいで……本当に燃えるように熱くなった。相手があなただったから。あれほど美しい経験はなかった。だからこそ痛みも大きかったの。あなたが……あなたが……」

カーソンはララの豊かな髪に指をからめ、強く抱きしめた。「すまなかった。あれほど君が傷つくとわかっていたら、最初からカフェに行くようなまねはしなかったよ」ララの体の震えがまるで自分の震えのようにひしひしと伝わってきた。

「それならあなたに傷つけられてよかった」あえぐようにララは言った。「ほかに今ここにつながる道がないのなら、過去を一秒だって取り消したいとは思わないわ。聞いてる？」ララは彼のウエストから顔を上げた。「一秒だってよ。このためなら、それだけの価値はあるわ」

美しく澄んだララの目を見ると、カーソンはこれまでに一度も感じたことのない気持ちで喉が苦しくなった。「僕にとって、君は美しさそのものだ」震える指で彼女の頬を撫でる。「君にしたことを償えるなら、なんだって惜しくはない」

「過去を取り消すことはできないわ」ララは頬に触れるカーソンの手にキスした。「人にできるのは、ただ理解して、許して、新しい未来を作ることだけ。でも、理解して許せるようになるまでは」触れることでしか自分の言葉をわかってもらえないかのように、ララは頬で、手で、唇で彼を愛撫した。「それまでは、琥珀に閉じ込められた虫みたいに永遠に過去に閉じ込められたままよ。自分にそんな仕打ちをしないで、カーソン。お願い」

やがてカーソンはとぎれがちな長いため息をついた。ほどいたララの髪に指を戻し、彼女の頭をやさしく胸に引き寄せた。

「どうやったら、ほんの数年でそこまで賢くなれるんだい？」

「あなたから学んだのよ」

カーソンは悲しげに笑った。「痛みはたしかにそうだ。でも、理解と許しは違う」

ララは黙って首を振った。「四年前のあのことは理解できなかった。ただ……凍りついただけ。今は理解してる。また前に進めるようになったわ」

〝じゃあ、許してくれたのか?〟

カーソンはその問いを胸のうちにしまったつもりでいた。ララが答えるのを聞いて、自分がその言葉を口に出していたのに気づいた。

「ええ」腰にまわった彼女の手に力が入った。「ええ、許したわ」

「だめだ」カーソンはすかさず言った。理解はできるかもしれないが許して前に進むことは絶対にできないあのことを、隠された過去を、打ち明けられない自分が憎かった。「僕には君に何か求める権利はない。もちろん許しも」

「でも、私には許す以外に道がないの」ララはカーソンの温かい体に顔をうずめ、キスした。「愛してる」髪をつかむ彼の手に力がこもった。「いいのよ、カーソン。だからあなたも愛して、とは言わないから。あなたが愛を信じていないのは知っているわ。でも私は信じているし、あなたを愛しているの」

カーソンがずっと身じろぎもしないので、ララは腕をゆるめ、彼の顔を見上げた。彼は目をぎゅっと閉じ、苦しげな表情を浮かべていた。長いまつげに涙が一粒光っている。

「カーソン?」ララの声が乱れた。

彼は目を開け、ララを見下ろした。「君の言うとおりだ。僕は愛を信じていない。君のようにはね。そして僕は君に愛される価値がない。なぜなら愛を返せないからだ。でも、君の愛がほしい。ああ、どれほどほしいと思っているか！」

「あなたのものよ。ずっとそうだった」

カーソンはララを腕の中に引き寄せ、目に、頬に、冷たくなめらかな髪にキスした。ララも彼と同じぐらいやさしくキスした。両手で彼の頬をはさみ、どうしても抑えられずに流れた一粒の涙を見て身を震わせた。

彼はまたソファに身を預け、ララを膝にのせて抱きしめ、その名を何度も呼んだ。彼女は目を閉じてカーソンの体に腕をまわし、愛する男性が繰り返しささやく自分の名前に聞き入った。カーソンの体のぬくもりが伝わってくる。彼の震える唇が、髪を、まつげを、唇をかすめ、ララを甘く酔わせる。やがて、やさしいが、つかの間の愛撫だけでは満足できないことに気づき、ララは身を震わせた。

顔を上に向け、カーソンが教えてくれた官能的なやり方で彼の唇をとらえる。舌先で唇の隅に触れると、それに応えるように彼がわななくのがわかった。

カーソンは唇を開き、ララが招きに応じるのを待った。キスをリードしたくてたまらないのに、そうするのが怖かった。ララを求める気持ちはあまりに強い。一瞬でも自制心をゆるめれば、ララのやわらかい体に身をうずめ、情熱の叫びを唇で味わいながら自分自身を彼女の中に解き放つまでやめられなくなるだろう。

ララの舌に誘われ、彼はうめき声をあげて、ゆっくりと深い太古のリズムで、舌による愛撫を返した。これまでこんなふうにララにキスしたことはない。彼女が震えるのを感じて、カーソンは自分のしていることにはっと気づいた。僕はララのリードに従うのではなく、誘惑しようとしている。彼は必死の思いでララの体を求めるかのような口づけをやめた。

「やめないで」ララは彼に身を寄せ、髪に両手を差し入れた。「ああ、カーソン、お願い。こういうキスがいいの」

「本当に？」彼は目を開け、ベルベットのような温かいララの唇を貪欲(どんよく)に眺めた。

「キスが奥まで届くのがわかるわ」

「なんてことを言うんだ」カーソンはうめいた。これまで感じたこともない欲望がひとすじ燃え上がり、体を焼き尽くした。いつでも唇を奪えるように、ララの豊かな髪に指を差し入れて頭を押さえる。「僕にもわかる」かすれた声で彼は言い、唇を近づけた。「僕のために作られたやわらかくて熱い場所だ。いつか君は僕を迎え入れ、僕に君を味わわせ、一つになることを許してくれるだろう。だが、それまでは僕がしたようにキスしてほしい。そして二人の体が唇と同じぐらい深く結びついたらどんなふうか、想像してほしい」

その言葉はララの奥深くに沈んでいき、やさしくはじけて、体じゅうに熱いものが走った。カーソンの唇が熱く完璧に重なり、口の中にゆっくりと舌が入ってきた。原始のリズムを再現するカーソンの舌。ララの喉から声がもれ、彼を抱く手に力が入った。唇を与えながら、ララは想像した……。

ようやくキスが終わったとき、二人の体は震え、息づかいは荒かった。ララはせわしなくカーソンの髪から肩へ、そして首へと手をすべらせた。彼の肌の、そしてシャツの下からのぞいている胸毛の感触がたまらない。そこにキスしたい、味わいたいと思って彼女は顔を寄せた。シャツの下に影のように広がる毛に頬をすりつけたい。しかしどちらを向いても、どこに触れても服が邪魔をする。

「カーソン、お願いが――」

「いいよ」最後まで聞こうともせずに、カーソンは答えた。

ララは笑みを浮かべ、彼の唇を指でたどった。「まだ何も言っていないのに」

「かまわない」カーソンは溶けた黄金のような目でララを見つめた。「君が何を言っても、僕は断らない」

彼の唇を見つめるうち、ララは痛いような不思議な思いが体を貫くのを感じた。この唇がほしい。でも、キスを繰り返したいわけではない。彼の唇を胸のふくらみに感じ、彼の舌を先端に感じたい。あのときと同じように。今度もまた同じように感じるに違いない。胸がうずくほどそうしたいと思ったが、恥ずかしくて言葉には出せなかった。

「シャツを脱いでくれる？」

カーソンの目にユーモアと情熱がひらめいた。「いいよ」

ララは待ったが、彼はシャツを脱ぐそぶりを見せなかった。「カーソン?」

「君の仕事だ、リトル・フォックス」彼はゆっくりとほほえんだ。「ただ脱がせるだけでいい」

ララはおずおずと手を伸ばした。カーソンのシャツにはスナップボタンがついていたが、固くてなかなかはずれない。彼の体に手をまわし、胸に寄りかかるように抱かれているので自由になるのは片手だけだ。一つ目のボタンを引っ張っても、シャツが引き寄せられるだけでボタンははずれなかった。

官能のうずきに体を痛いほど締めつけられながらもカーソンは笑ってララを抱き上げ、膝の上にのせた。服に邪魔されずにララをこんなふうに座らせることを考えると全身に震えが走った。彼はララの顔を引き寄せ、強くキスしてまたゆっくりと手を離した。

「さあ、もう一度」

ララの手は震えていた。ボタンを引っ張るとはずれる音がして、黒い毛がのぞいた。二つ目のボタンはさっきより簡単にはずれ、三つ目はもっとたやすくはずれた。ララは中に両手をすべり込ませてシャツを押し広げると、胸に顔をすり寄せて左右に動かし、頬と手で愛撫した。

彼女の手はとどまるところを知らず、カーソンの胸の先端の小さな突起に向かった。ほかとは違うその手ざわりをララはゆっくりと楽しんだ。カーソンのうめき声に彼女は驚き、顔を上げた。

「やめたほうが――」

「とんでもない」カーソンがさえぎった。「好きなところに好きなだけ触れてくれ。思いつくかぎり全部」彼はソファの背に両手をかけた。「君には何もしない。君が僕を求めていると確信できるまではね」官能的な言葉とともに、カーソンはほほえんだ。「さあ、続けてくれ。どんなふうに触れても驚いたりはしない。絶対に」

最初はおずおずと、やがて自信を増したかのように、ララはカーソンを見つめながら小さな突起を愛撫した。彼の目は半分閉じられ、口元はこのうえなく官能的だ。快感をあからさまに示すその顔を見ると、愛の炎にあぶられているような気がする。ララは半分腰を浮かして前かがみになると、胸の突起を愛撫する手と同じリズムで彼の唇に唇を重ね、舌を動かした。彼が自制心を失いそうになっているのがララにはわかった。

カーソンが絶対に約束を守るとわかっていたのでララはよけいに燃え立った。ゆっくりと彼女は唇を離し、頬に、顎の線に、首にと移した。その舌は胸へとすべっていき、小さな突起を見つけ出した。愛撫に応えるようにうめき声が聞こえ、ララはまるで自分が触れられているかのように身震いした。彼を喜ばせるのがこんなに心高ぶるものだとは思わなかった。ララは頭を下げて歯と舌と唇で突起を愛撫した。カーソンの息が荒くなり、膝に触れる彼の腿が引きしまるのがわかった。

ララはもう片方の突起を愛撫しようとしたが、シャツが手と唇の邪魔をした。いらだたしげに残りのスナップボタンをはずそうとしたものの、シャツの裾がカーソンの引きしまったウエストにたくしこまれているせいでできない。今度はララはカーソンに許しを請わなかった。何をやってもかまわないと言われているからだ。

カーソンはほほえみを浮かべて、ララがシャツの長い裾を引っ張り出すのを見守った。ララが肩からシャツを引き下ろしやすいようにわざわざ前かがみにもなった。

彼女は体を起こし、シャツの下から現れたたくましい肩を見つめた。記憶にあるよりずっとたくましい。ララは彼の名をささやき、熱い肌を味わおうとした。名も知らぬ、満たすことすらできない飢えにせき立てられるように。

「シャツを全部脱がせるから、ソファから腕を下ろしてくれるかしら」

ララのハスキーな声に、カーソンの体に欲望が走った。低くセクシーなその声を聞けば、自分と同じぐらいララも官能のゲームを楽しんでいることは間違いない。彼はゆっくりと腕を下ろした。ララは少し膝立ちになって、彼の肩からシャツを脱がせた。手首まで脱がせたとき、カフスボタンが留まったままなのに気づいた。それなのに、シャツがからまっていてボタンの場所さえわからない。

ララは急に自分がばかみたいな気がした。男性を誘惑することに全然慣れていないし、何をやってもそれが表に出てしまう。でもカーソンの顔を見上げると、そこには賞賛と欲望しか読み取れなかった。

「あなたって我慢強いのね」ララはカフスボタンをはずそうとしながらそっと言った。

「どうもうまくいかないわ」

「君は信じられないぐらいセクシーだ」ララの指が細かく震えているのを見つめ、カーソンは言った。「君がほかの男の服を脱がせたことがないのを知りながら、僕の体を愛撫する君の顔を見、僕の胸に舌で触れるたびに震える君を見ていると……ああ、リトル・フォックス、僕が自分を失わないでいるのが奇跡に思えるよ」驚いたララの顔を見て、カーソンはほほえんだ。「君につかみかかりたいと言っているんじゃない。この場で今すぐクライマックスに達してしまいそうだという意味だ。驚いたかい？」

〝驚いたわ〟そう言おうとして、ララはそれが本当ではないことに気づいた。たしかに驚きはした。カーソンは彼女に対して率直に接し、自分が無防備なことを伝えようとしている。そのとき、ララは気づいた。それこそがカーソンの言葉の意味するところだ。彼は自分を差し出している。服には関係なく、もっと大事な意味で彼は裸なのだ。

「いいえ」ララはそっと言い、ほほえみを浮かべてカフスボタンに目を戻した。「驚いてはいないわ。ただ……うれしいと思っただけ」

ララのほほえみに、そして何げなく腿を締めつける彼女の膝の力に、カーソンの自制心は吹き飛びそうになった。彼女がこれほど近くにいるのに、僕が求める炎のような行為からはほど遠い。

最後のボタンがはずれた。ララは片方の袖を抜き取り、もう片方も抜いた。シャツを引っ張る手がカーソンの膝をかすめ、ジーンズに触れたとき、彼の腰がびくっと動いた。視線を下ろしたララは、彼がはちきれそうなほど高まっていること、自分がうっかりそこに触れてしまったことに気づいた。

「ごめんなさい」彼女はあわてて言った。「そんなつもりじゃ――」

「いいんだ、リトル・フォックス」息も荒く彼は言った。「もう一度繰り返してもかまわないよ」

冗談を言っているのかしら。ララはカーソンの顔を見た。彼はまた両手をソファの背にかけ、無防備なことを示した。

「好きにしていい」その声はかすれていた。

ララはしばらくカーソンの琥珀色の目をじっと見つめていた。聞こえるのは、ララを見返す彼の荒い息づかいだけだ。ララは手をわずかに前に出し、彼のジーンズの上でさまよわせた。こちらを見つめたままカーソンが誘うようにゆっくりと笑みを浮かべたので、ララはどきりとした。彼女はカーソンの下腹部に手を置いた。かろうじて自制している彼の腰の動きを感じ、彼が鋭く息を吸う音が聞こえると、ララは勇気を失いそうになった。そのときまぶたを半分閉じた彼の目に歓びを見出して、ララの体にぬくもりと震えが走った。彼女は彼の熱い高ぶりの上に置いた手にそっと力を込めた。

「あなたの鼓動を感じるわ」ララの声は驚きにかすれていた。

カーソンはやさしさと荒々しい欲望を同時に感じた。そしてやさしさが勝った。彼は長いため息をつき、何をしてもかまわないと言わんばかりにソファの上で体の力を抜いて自分をさらけ出した。ララの指がため息のようにやさしく彼の上をたどる。

「どうすればいいの？」

「僕に触れてくれ、ハニー」

その声はあまりに荒々しくかすれていたが、もう自分ではどうしようもなかった。

「ああ、ララ」カーソンは彼女の手の下でそっと動いた。「今君がしてくれているみたいに、僕も君を感じさせたい。そして――」

続く言葉はため息にのまれた。カーソンはなすすべもなくララの手に自分を押しつけ、飢えた体でそのてのひらを感じようとした。ララの中で急に欲求がふくらんだ。服という邪魔物を取り払って彼に触れ、手をすべらせたい。これまでどんな男性とも分かちあったことがないほど濃密に触れあいたい。その思いはあまりに強く、ララの手は震えた。

「カーソン？」

自分の名を呼ぶララの声は、愛撫するその手にもおとらず熱く甘かった。カーソンは何も言わずにソファから手を離し、ジーンズのベルトにかけた。裂けるような音をたてて金属のボタンがはずれていく。ララは言葉もなく脇によけた。カーソンは服を脱ぐとコーヒーテーブルの下に蹴り入れた。ララを見つめながらまたクッションにもたれ、両手をソファの背にかけて、ララの目と手に自分を差し出した。

　これまでこんなに難しい経験はしたことがない。ララが服を着ているのに僕は裸で、無防備で、自分のものにできないなら死んだほうがましだというぐらい彼女を求めている。ふいに彼は思った。もしララが今の僕では物足りないと言って振り向きもせずに出ていったらどんな気持ちだろう。あのときのララの気持ちが痛いほどわかり、胸の奥が冷たくよじれる気がした。

「ララ――」かすれた声でカーソンは言った。

　しかし、それ以上続けられなかった。ララの手が胸を、ウエストを、張りつめた腹筋を、固く引きしまった腿を撫でたからだ。彼女は豊かに広がる胸毛を下へとたどった。そこでララの手が止まったので、彼は拷問にかけられているような気がした。

「鼓動を感じるわ」ララがささやいた。「とっても速くて激しい。ああ、カーソン、そんなに私がほしいの？」

　カーソンが答える前に、ララの手が彼を包み込んだ。その手のぬくもりに、彼はまるで軽い電気ショックのようなものを感じた。細い指が動いているのを見ると、炎にのみ込まれるような気がする。むき出しの欲望を愛撫する甘い感触に、カーソンは自制心を失いそうになった。

「ああ、ララ、やめてくれ」カーソンはうめいた。

ララは驚いて彼を見上げた。「痛かった？」その声は手と同じように震えている。

カーソンは返事代わりに笑い声のようなかすれた音をたてた。そしてゆっくりと腰を動かし、彼女の手に熱い欲望のしるしを押しつけた。

「いや、痛くはない」彼はまたうめいた。「耐えられないぐらい、すばらしい。もう少し続いたら君を驚かせてしまいそうだ」

「驚いたりしないわ」

彼は荒っぽく笑った。「驚かせはしないよ。僕はずっと君を求めていた。君の夢を見て汗びっしょりで飛び起きるほどね。だが、これほどホットでワイルドだとは想像していなかった。このままじゃ、息の根を止められる――」カーソンはうめき声をあげた。「これ以上はだめだ」そしてララの手首をつかみ、やめさせた。

「でも、知りたいの」ララは固い腹筋に頬を寄せた。「喜ばせたときのあなたがどんなふうになるか」

カーソンは、ララがそこまで彼の体の反応を知りたがっているかと思うと、残っているわずかばかりの自制心が吹き飛びそうになった。彼は両手をララの手にかぶせた。そしてゆっくりと一度だけ動かすと、自分を押しとどめた。

ララはカーソンをじっと見つめた。カールしている豊かな髪、胸から腰へのたくましいライン、そして彼女の手にこれほど熱く反応するどこまでも男らしい部分。

「ああ、カーソン、自分がどれほど完璧かわかってる？　あなたが何をしても私は驚かない」

その言葉に反応して彼の体が震え、一瞬こわばったのがわかった。けだるげな視線で眺めながら、ララはゆっくりと彼を愛撫した。

「おいで」ようやくカーソンはそうささやき、震える手で彼女を抱き寄せた。「キスをして君の体をそばに感じたい。そうしなければ、頭がどうにかなりそうだ。君が僕に触れたように君に触れたい。震えて叫び声をあげて僕の上で溶けるまで、君をじらしたい。そうすれば、僕がどう感じたかがわかる。叫び出しそうになるまで欲望が高まり、その欲望をあますところなく満たすのがどんな気持ちかがわかる。そうすれば――」

カーソンの言葉はそこで終わり、唇が重なった。彼の舌が、さっきララが学んだばかりのリズムで彼女を誘惑する。たくましい両手がララを愛撫し、ぎゅっと引き寄せる。ララは体の下で彼が動くのがわかった。やわらかい飢えた唇に舌を入れながら、体と手でララを自分のものにしようとしている。キスが終わろうとするとき、ララはゆっくりとみずからを彼に押しつけ、全身が震えるほど熱くうずくものを解き放とうとした。彼の手を肌に感じたい、火をつけてほしい。こんなに触れてほしいのに、どんなに体を押しつけても彼の手は遠ざかっていく。

「お願い」ララはささやいた。

「なんでもする」カーソンは約束を破るまいとして両手を握りしめた。ララがほしいと言うまでは奪ってはいけない。「言ってごらん」

「私……」彼女は熱く燃えるカーソンの金色の目に見入った。「何もかもほしいの。どう頼めばいいかわからないけど、すべてがほしい。脱がせて」ララは震えながらささやいた。

「触れて。お願い、カーソン、私……苦しい」

　彼の両手がはい上がり、ララの胸を包み込んだ。その甘い感触があまりにすばらしく、ララは思わずうめき声をもらした。親指で先端を撫でられ、唇を噛んで快楽の叫びを抑える。やさしく熱く続く愛撫に先端は硬くなり、体の隅々にまで炎が散った。彼の手が遠ざかるとララはもどかしげに身をよじり、声をあげずにいられないほど強く触れてほしいと訴えた。

「わかったよ、ララ」カーソンはそっとララをソファに横たえ、その脇にひざまずいた。

「僕に脱がさせてくれ。服がないほうがずっといい」

　彼は、ゆっくりとブラウスのボタンをはずし、濃いピンクの先端が見つかるまで徐々にあらわになっていく肌にキスしたいと思った。しかしララのうめき声を聞き、自分を待ち受ける熱く甘い秘められた部分を考えると、ゆっくりと時間をかけるのはとても無理だ。

ララの服を脱がせ、コーヒーテーブルの上に放り投げながら、カーソンはかすれる声で言った。「この次は、君が死にそうになるぐらいゆっくりと愛したい。でも今は……ああ、君はなんてきれいなんだ！」最後の一枚がはぎ取られ、ララのすべてがあらわになった。

肌に冷たい空気があたり、自分が一糸まとわぬ姿だとわかると、ララの胸に一瞬不安がわき上がった。しかしカーソンの燃える金色の目に、深みのある声に、うやうやしく肌を愛撫する手に、賞賛が表れているのがわかった。彼の舌が胸の先端に触れたとき、ララはなすすべもなく胸を突き上げ、彼の唇に押しあてようとした。カーソンの長い指が背中にまわり、ララを引き寄せ、胸の頂をしっかりと唇にあてた。

快感が体を貫く。叫び声がもれ、腰がけだるいリズムで動く。カーソンが歯でやさしく先端を愛撫し、ララはまた叫び声をあげた。今度は腰の動きに応えるようにカーソンの温かい手が強く腿の間に押しあてられ、やわらかな場所を包み込んだ。親指が愛撫を求める小さな部分を見つけ出す。ララのかすかな叫び声を唇でふさぎながら、カーソンが手をゆっくりと動かした。ララはその手に自分のすべてをゆだねた。愛撫に身をまかせるララの耳に、カーソンが深みのある声で彼女の美しさを、彼女が自分にもたらした歓びを語る言葉が響く。

体の奥で快感の波がはじけ、震えるようなぬくもりが全身に散った。次の波が生まれ、それが何度も続いていく。どの波も前よりも強く、体の中の緊張をほぐしながら同時に高めていく。なじみのない感覚に恐怖に似たものを感じ、ララはふいに体を震わせた。

目を開けると、手と言葉による愛撫を続けながらカーソンがこちらを見つめている。彼の舌がベルベットのようになめらかにへそに触れ、歯が腿の内側のやわらかい部分に前触れもなくあたった。自分の白い肌に彼の黒っぽい髪が鮮やかに映えるのを見て、ララは思った。恥ずかしさや恐怖を感じて当然なのに、体をほてらすほどの情熱が彼の熱く濃密な愛撫以外のすべてのものを焼き尽くしてしまったのだ。

彼の手がまた脚の間で動き始め、体の中で張りつめていたものがふいに高まった。痛みにも似た激しい快感のせとぎわに立ち、ララはあえいだ。

「カーソン！」

「そのままでいい。情熱に、僕に身をまかせるんだ。だいじょうぶ、僕がついているから」

彼が頭を下げ、やさしく熱くララを愛撫したので恐怖は消え失せ、快楽を禁じるものはなくなった。ララは彼に自分をゆだねて、体を揺さぶり、溶かし、燃やし尽くす快感の波に身をまかせた。ララに語りかけるカーソンの声に、そしてすべてを知り尽くした彼の手と唇の動きに、快楽を確信した男の自信があふれている。

カーソンは彼女の奥深くに野性を感じた。無垢なララの中から彼が引き出した野性、彼が解き放つことになる野性を。

なめらかで力強い動きでカーソンはララの脚の間に身を置き、猛々しいまでに高まった体で彼女をじらした。ララのとろんとした目は欲望で色濃くかげっている。

「カーソン？」その声も目と同じようにけだるげだった。

「リトル・フォックス」カーソンが低い声で言った。「これでやっと君は僕のものになる。本当にいいんだね？」

ララは答える代わりに快楽のあえぎをもらし、カーソンを引き寄せた。彼の高ぶりがそっと彼女に触れ、中にすべり込み、自分の一部になるのがわかった。ララは痛みや不快感や恐怖を予想していた。ところが、彼の腰がゆっくりと動くたびにすばらしい快感が体に広がっていく。

「痛いかい？」彼が必死に自分を抑えようとしながら荒々しい声できいた。

ララは答えようとしたが、目の前にある彼の体が自制と情熱に震えているのを見て、声が出なくなってしまった。ふいに彼女は息を吸い込んだ――その動きで力が入り、エクスタシーの最初の波が全身を貫いた。ララは体を弓なりにそらし、無意識のうちに彼をもっと深く迎え入れ、悦楽の瞬間を引き延ばそうとした。

カーソンに奪われたときに痛みを感じたとしても、それは体を貫く快感に埋もれてしまった。ララは彼の名前をとぎれとぎれに呼びながら、完全に彼に身をゆだね、リズムを合わせて動いた。やがて二人はとめどないエクスタシーにのみ込まれていった。

二人はしっかり抱きあい、全身を貫く荒々しい快感に震えた。深くしっかりと結びあわされた二人は、どちらがどちらの肌を愛撫しているのか、誰が誰の名を呼んでいるのか、どちらの体が砕け散り、また永遠の中によみがえっているのか、もうわからなかった。

10

音もなく窓から床へと差し込んできた暁の光がやさしく枕（まくら）を横切り、カーソンを目覚めさせた。彼は手足とシーツのかぐわしいからまりからゆっくりと身をほどき、何度もやさしくララにキスをした。そして手足を伸ばすと笑みを浮かべた。この六週間の変化が信じられなかった。それ以前の彼は過去に苦しみ、ララと同じく過去にとらわれ、前にもうしろにも進めないでいた。しかしララが愛することを許してくれたおかげで二人はともに癒（いや）され、カーソンは太陽の光もかなわぬぬくもりに満たされた。

ララの左手に、彼の目と同じ温かみのある金色の指輪が輝いている。カーソンはその手をうやうやしく取り、結婚指輪にキスすると、裏返してやわらかいてのひらにもキスした。眠っているララはとても美しい。夢の中でも彼の愛撫（あいぶ）を感じているかのように、かすかにほほえみを浮かべている。

「おはよう、ミセス・カーソン・ブラックリッジ、僕の美しいリトル・フォックス」カーソンは彼女のてのひらを頬にすりつけた。突然彼の中で、理解できず名づけることもできないさまざまな感情がわき上がった。息をするのがやっとだ。カーソンは身じろぎもせずにララを眺めつつ、爆発した感情の中から、なじみ深いものとなじみのないものをより分けた。

なじみ深いものの一つが、欲望だ。欲望が存在していることは疑いようがない。ララとの夜は快楽で熱く燃え、回を重ねるごとにその熱は高まり、すばらしさを増している。それは、ララにとっても同じだった。彼の前ではララは恥ずかしがることをやめた。彼女とともにカーソンは身を焼き尽くす官能のワインを味わい、その杯の底にきらめくエクスタシーを見つけた。

そしてもう一つ、恐怖の冷たい影があった。カーソンはその存在も疑っていなかった。ララとの人生にもその愛にも、彼は百パーセント安心することはないだろう。忘れ去られるのを拒む過去が、いつ彼からその二つを奪うかわからないからだ。ララを失うかもしれないという思いはカーソンを苦しめ、はっきり思い出せないほど暗い夢を見て真夜中に汗びっしょりで飛び起きることもあった。

カーソンはベッドに横たわったまま、ララを見つめた。わき上がったなじみのない感情は、ララに対する、胸が痛くなるほどのやさしさだ。彼女にならば月と太陽だって捧げたい。ただそこにいるだけでララが与えてくれる甘いぬくもりを、彼女自身にも感じさせたい。ララをほほえませ、その笑みを味わい、名前を呼んだときの目の輝きを見たい。

ララが眠そうに身動きし、なかば眠ったままカーソンに手を伸ばした。その仕草は、暁にも劣らぬ温かいまなざしで彼女を見つめていた男の胸にやさしさと欲望をかき立てた。ララがベッドで見せる姿は驚きの連続だったが、カーソンが言葉にできないほど美しいと思うのは彼女の寛大さだ。ララは愛撫をしぶったり、自分を喜ばせるような行為や言葉を待ち受けたりすることがなかった。ただほほえんで彼に触れ、彼を喜ばせようとした。なぜなら彼の喜びがララの喜びだったからだ。それは、カーソンも同じだった。彼が姿を現すとぱっと輝く顔、おかえりなさいのキスが熱いものに変わる瞬間に息をのむ音、溶けて寄りかかってくるやわらかい体――これらは、日の光が闇を追い払うようにカーソンの胸のうちに巣くう孤独を追いやった。

　ララがカーソンの口から〝愛している〟の一言を聞きたがっているのは知っている。だが、彼女はカーソンがそれを口に出すまで頼んだりすねたりすることはなかった。自分から〝愛している〟と告げて圧力をかけ、それに彼が応えるのを待つこともない。ララがまれにその言葉を口にするのは、彼がもたらしたエクスタシーがすべての壁を打ち破り、言葉があふれ出てくるときだけだ。とぎれとぎれの愛の告白に、カーソンは自分では説明も理解もできない部分で満足感を味わった。

　カーソンは頭を下げ、ララの唇をそっと唇でかすめた。彼女の顔にほほえみが浮かび、両手がカーソンの首にまわり、大胆な温かい舌が彼の唇の隅をなめた。カーソンの体に欲望が走った。ララを胸に引き寄せ、深く、長いキスをする。やがて、彼女が飢えたように体を寄せてきた。

「最後のチャンスだ」カーソンはしぶしぶキスを終わらせた。

「なんのチャンス?」ララの指が彼のたくましい背中から腰へとすべり下りて弾力のある筋肉を愛撫し、たくましさを味わった。

「僕にきかないでくれ、ハニー」その声には笑いがにじんでいた。「夜明けに起こしてほしいと言ったのは君だよ」

「私?」ララはまばたきし、眠そうに顔をしかめた。「ああ、そうだわ。思い出した。写真の中から最終的に町でコピーするものを選びたいの。ドノバン先生が法廷に行ってしまう前にね」

「ドノバン?」カーソンは、夜明けのぬくもりが真夜中の冷たさに変わるのを感じた。肘をついて起き上がり、ララを見下ろす。「彼にどういう用なんだ?　どうして会いたがる?　都合の悪いことを僕に隠しているのか?」

ララはあくびをして首を振った。「ずっと前からドノバン先生に話を聞きたいと思っているんだけど、牧場のことであなたが私に用があったり、ドノバン先生が法廷に出かけたり――」ララはまたあくびをすると、カーソンの温かい胸に頬をすり寄せた。「とにかく、一八〇〇年代からずっとドノバン一族の半分の人たちが近隣の牧場を所有していて、もう半分がロッキング・Bの弁護士をつとめているでしょう？　きっといい話が聞けると思うの。とても記憶力のいい人だそうだし。もう八十歳近いけれど、現役の弁護士だしね」

　ドノバンに会うことはできないと言おうとして、カーソンは理由を問われたときに返す言葉がないことに気づいた。危険がひそむ聞き取り調査を延期するには、ほかにもっといい方法がある。もっと気持ちのいい方法が。カーソンはシーツの下に手を潜り込ませた。その指が張りのあるララの腿を撫で、脚と脚の間をたどり、へそのくぼみに沈み、やわらかい胸のふくらみに向かう。

「僕も記憶力には自信がある」カーソンは低い声で言った。「聞き取り調査をしてくれるかい？」彼の指が愛撫すると、胸の先端は欲望に硬くなった。「僕の記憶では、君は硬くもなるし、ベルベットのようになめらかにもなる」親指でピンク色の先端を撫でる。「君がどんなに甘いか、君の唇がどれほど熱いかも知っている」

　恋人だけに許されるやり方で、カーソンはララの口に舌をすべり込ませ、彼女がこちらを向きながら息をのむ音を味わった。キスを続けるうちに二人の鼓動は速まり、彼にしがみつくララの手の力が強くなった。

「君がどれほどやわらかいかも知っている」カーソンはそう言って、ララの腿の付け根に手をやった。そして、注意深く彼女のいちばん敏感な部分を探し出した。触れている間にも彼女がよりやわらかく、より熱く変わっていくのがわかり、カーソンはうめき声をあげぐらいだよ」

た。「君は信じられないぐらいセクシーだ。僕がいつもベッドから出られるのが不思議なぐらいだよ」

ララはそっと笑い、カーソンの胸毛に指をからませた。「それはあなたよ。私じゃなくて」ララは彼の首に顔をうずめた。「あなたの手は最高だわ」ふいにララの体が震え、愛撫を続けるカーソンの手に押しつけるように腰が動き始めた。「これからどうなるか考えただけでもう――」

言葉をのみ込んだララのため息を、カーソンは味わった。手の中で彼女は熱く溶けそうだ。愛撫に応えるようにララの手が下腹部にすべり下りてきて、彼は息をするのを忘れてしまった。

「私を満たして」ララは彼を愛撫し、高ぶらせ、さらなる快感を約束するような笑みを浮かべた。

カーソンは片手でシーツをはぎ取った。荒々しく息をする間、視線で、愛撫で、ほほえみで彼を燃え上がらせる女性をただじっと見つめる。曙光(しょこう)に輝き、情熱でほてった肌。恐れも恥ずかしさも感じず、目の前に一糸まとわぬ姿で横たわり、もう一度一つになることを求めている。胸のふくらみに目をやると、まるで舌で触れたように先端が硬くとがっているのがわかった。

「カーソン」ララはかすれた声で言い、手を伸ばした。「もうやめて」

カーソンはゆっくりとほほえみを浮かべ、ララの官能的で美しい肢体を記憶に刻みつけた。「まだ触れてもいないのに」

「わかってるわ。だからやめてと言っているの」

ララは指先で彼のたくましい体を撫で、欲望のしるしを探しあてた。高まった部分にそっと爪を立てる。血が激しく脈打っているところを見ると、ずいぶん自制しているようだ。

「脈が速くて困っているなら、特効薬を持っているわ」彼女はそうささやき、指先にそっと力を込めた。

「本当に?」カーソンは口元をゆがめ、彼女の手に応えるように腰を動かした。「君のボイスレコーダーを取ってきたほうがいいかもしれないな。どうやったら、これをなだめられるのか――」

からかうような口調はうめき声に変わった。ララがふいになめらかに体をずらし、その唇のぬくもりで彼を包み込んだからだ。カーソンの体に震えが走った。

「ああ、ララ」笑いと熱い欲望の間で引き裂かれ、カーソンは息もできなかった。「言いたくはないんだが、それでは脈は遅くならないよ」

ララはやさしく笑った。その笑みさえ彼の高まりに対しては愛撫も同然だった。カーソンは手を伸ばしたが、彼女は太陽の光のようにその指を逃れた。なめらかな黒髪がひんやりと彼の腿に広がっている。カーソンはまた手を伸ばして長い髪の端をしっかりつかんだが、彼女の顔を上げさせて腕に抱き寄せることはしなかった。ララが与えてくれる刺激的な快感に、彼はすっかりとりこになっていた。

　欲望と情熱のあまり、カーソンはうめき声をあげてララの髪から手を離し、なめらかな腿を求めてウエストとヒップに指先をすべらせた。彼を待ち受ける、溶けてしまいそうにやわらかな部分を愛撫する。彼はララの欲望と高まる情熱、誘いかけるような体を感じた。ララの中に身をうずめなければ、自分自身の欲望の強さで体が引き裂かれそうな気がした。

「ララ、君がほしい」

　その声にはせっぱつまった響きがあった。ララを持ち上げるカーソンの体にふいに走った震えにも、それが表れていた。ララは脚を開いて、彼の引きしまった腰の上にのった。彼の顔は暗く、欲望でけわしくなり、目はほとんど黒に見える。カーソンが腰を突き上げて深く入り込む間にも、目に映る彼の欲望のしるしにララの体は熱く溶けた。

　欲望に駆り立てられたカーソンの動きに、彼が何を言っているのかララにはわからなくなった。それでも、彼がはじけ散ったときは顔つきが変わるのがわかった。あまりにも強い快感の爆発に身を引き裂かれて彼が叫ぶのも聞こえた。やがてララにもそのときが訪れ、快楽と愛の叫びをあげると、息を荒らげながら彼のたくましい胸に倒れ込んだ。

　ずいぶんたってからようやく二人の激しい鼓動はおさまり、呼吸は普通の速さに戻った。しかしララとカーソンは一つになったまま、やさしくキスを交わしたり快感でほてった肌を愛撫しあったりした。ララはひとりほほえみを浮かべ、カーソンの胸に耳をあてて心の中で心拍を数えた。

「ほらね」ララは得意顔で言い、彼の胸に顔をすりつけた。「効いたでしょう?」

彼女の耳に、鼓動に代わって満足げなうなり声が響いた。「すごく効いたよ。毎回すばらしくなる。どんどんすばらしくなっていく。次はいつ——」

「私が言っているのはそういうことじゃないの」ララはやさしく笑った。「あなたの胸の鼓動のこと。ずいぶんゆっくりになったわ。私が治したのよ」

カーソンは声を出して笑い、ララを抱き寄せた。彼女がロッキング・Bに戻ってくる前の日々を、自分はどうやって過ごしていたのだろうと思いながら。

「一度だけじゃなんともいえない」カーソンはララの耳を噛(か)んだ。

「あら、そう?」

「そうだ」彼はララの背骨からヒップへと指をすべらせ、熱くやわらかい部分を探し出した。「学校で科学の法則を習わなかったのかい?」

カーソンの指がゆっくりと動くたびに、ララの思考力は弱まっていった。「科学? 摩擦で熱が生まれるとか——」ララは震え、息をのんだ。カーソンの指が欲望の中心にある繊細な部分に触れたからだ。

「再現性のことだよ」カーソンはララを抱いたまま、くるりとうつぶせになった。「知らないのかい？」ユーモアと情熱と所有欲の入りまじった顔つきで、彼はララにほほえんだ。

「現代科学の基礎だ。実験で同じ結果が出なければ、そのデータから有効な結論を導き出すことはできない」

「科学は苦手なの」

「教えてあげるよ」

「親切ね。そんなことを我慢強く教えてくれる男の人なんて……ああ！」言葉はとぎれ、快楽の小さな叫びに変わった。

カーソンの手はゆっくりと動き続けている。ララは歓（よろこ）びの叫びをもらした。カーソンの首が激しく脈打っているのが見え、一拍ごとにララの中で彼が張りつめていくのがわかった。すぐに、あふれるほど私を満たしてくれるだろう。そう思うと、ララは耐えがたいほど高ぶった。

「そう、そのとおりだ」

カーソンは頭を下げて彼女の唇を奪い、体も奪った。ララもまた彼を自分のものにした。きらめくエクスタシーを目の前にして、彼女の中で熱がはじけた。

ようやく鼓動がおさまったとき、二人は熱くからまったまま甘い眠りに落ちた。

そのあと何時間かたってからもそのときのことを思い出すと体に震えが走り、ララは仕事に身が入らなかった。彼女はロッキング・Bの写真類を調査用の第一候補、第二候補、第三候補により分けていたのだ。

カーソンと愛しあうたびに、ララは彼を喜ばせる方法を新しく見出(みいだ)した。一方、カーソンはやさしく荒々しく、また穏やかに激しくララをエクスタシーに導いた。そして自分が彼にも同じ悦楽をもたらしていることに、ララは気づいていた。そのことを新たに思い出すたびに、身も震えるような甘さが血管を駆けめぐる気がした。

ドノバン先生に会う機会を逃したのもかえってよかったかもしれない。こんなに気が散っていては、とても弁護士に聞き取り調査などできない。もう八回目になるが、ララは右手と左手に持った写真をそれぞれ見比べた。二枚とも、やせ馬に乗った日焼けした男たちが写っている。そのうしろでは、斧(おの)の柄ほどの長さの角を持つ、テキサスから連れられてきた牛の群れが隘路(あいろ)を通り、鹿(しか)と水牛しかいなかったモンタナの谷へと流れ込んでいる。それは一つの時代が終わり、新しい時代が始まる瞬間だった。

ララはどうしても選べずに二枚の写真を置いた。そして今夜のこと、カーソンが仕事から帰ってきたときのことを考えた。夕食が終わったら背中をマッサージして、昼間にあったことを聞いてあげよう。首と肩の凝りがほぐれたら、今度は彼が私を膝の上にのせてソファにもたれ、調査の進み具合を聞いてくれるだろう。

カーソンは、カメラがとらえた土地や男たちに対して鋭い目を持っていた。ララは彼の意見を重視するようになっていた。彼の笑い声や、男らしい力強さに感心するのと同じように。彼への愛は日ごと深まっていた。

ララは写真の選別を続けた。大部分は不要なものの山により分けた。二番目に多いのは論文に挿入できるかもしれない写真の山だ。その横には、カーソンに見せたい写真の山があった。顔に白いぶちのある雌牛のおなかの下から三頭の子牛が顔をのぞかせている写真や、雪と月光の海の中にぽっかり浮かぶロッキング・Bの古い家屋の写真だ。

結婚式の写真もある。結婚式は回を重ねるごとに手の込んだものになっていた。何世代もにわたるブラックリッジ家の花嫁はみな同じレースのスカーフを身につけていた。繊細ではかなげなそのスカーフは今、ララのドレッサーの引き出しに入っている。指にぴったりと合った結婚指輪の次に大事なものだ。

ララはそっと笑い、初めて愛しあった翌朝のことを思い出した。カーソンは目を覚ますと、ララの子宮のあたりに手を置いて言った。〝できるだけ早く結婚しよう。昨夜は欲望で頭がいっぱいで君を守る手段をとらなかった。君さえよければ、この先もとるつもりはない。僕の子どもがこの中で育つことを考えるとたまらないんだ。でも、もちろん君が望むならの話だが……〟

ララはため息をつき、ウエストの下あたりに手をやった。もちろん彼女は望んでいる。三週間遅れで生理がきたときは泣いてしまった。カーソンはやさしく彼女を抱き、唇で涙をぬぐい、気にすることはないと言った――これ以上しあわせになったら、独立記念日に町で見た筒型花火みたいにはじけてしまうから、と。それに、と彼はキスを深めながら続けた。〝実は僕はわがままなんだ。しばらく君をひとり占めするのも悪くないと思ってる。そうすれば、すべてが手に入る。子どもができる期待と、愛情あふれる恋人と〟

ララの口元にかすかなほほえみが浮かんだが、同時に、心の中に寒々とした思いがきざした。カーソンの恋人、妻、子どもの母親になるのはとてもうれしい。いつの日か、カーソンが私を愛していることに気づいてくれればいいわ。愛しあったあとや肩の凝りをほぐしてあげたとき、あるいは目を覚ますとカーソンが金色に近い目でじっとこちらを見つめているとき、何か言いたいのではないかと思うことがあった。彼にとってとても難しい一言を。

それは〝愛している〟という言葉なのかしら?

カーソンが探していながら見つけられないのはその言葉? もしそうなら、愛を語ろうが語るまいが関係ないと言ってあげたかった。その言葉がカーソンにとって難しく、口に出すのに痛みを感じるぐらいなら、ララの人生を満たすためだけに言ってほしいとは思わない。結婚してから頻繁に聞くようになった彼の笑い声を耳にしたり、こちらを見つめる彼のけわしい顔がほほえみで一変するのを目にしたり、そばを通りすぎるとき彼の指が頬に触れたりするのを感じるたび、これらがカーソンの感情を雄弁に物語っていると実感できる。

「かわいい笑顔だな。何を考えているんだい、リトル・フォックス？」

「カーソン！」ララはさっと立ち上がった。まだ日が高いのに思いがけずカーソンの顔を見たうれしさで、彼女の顔は輝いた。「夕食まで戻らないと思っていたわ。雌牛を全部新しい牧草地に移し終えたの？」

カーソンはララに腕をまわし、体ごと持ち上げてぎゅっと抱きしめた。「もう少しで終わりだ。マーチソンとスパーが迷い牛を捜している。僕はサボってきたんだ」カーソンはララの耳と首の間に顔をうずめた。

「うれしいわ」ララはそっと言って彼の頬にキスし、髪に指先をすべり込ませた。しばらく二人は抱きあったまま、その甘い感触を味わっていた。ふいにララは目が涙で熱くなった。カーソンは最近よくこうやって帰ってきてくれる。かぐわしい野の花や、色のきれいな川縁（かわべり）の石という、彼女をびっくりさせる贈り物を持って。

ある日こんなふうに突然戻ってきたカーソンは、牧場の上手のなだらかな丘に連れていってくれた。その場所に着くと、彼はララに目をつぶって耳を澄ますように言った。その日は、岩肌を見せる高い山の上から狭い谷の間を強い西風が吹き抜けていた。風は甘く暖かく荒々しく、その音は美しくもあり、心に食い込むほどさびしくもあった。ララが感じたままをカーソンに話すと、彼は言った。〝そうだ。だから君をここに連れてきたんだ。二人なら美しさだけを味わってさびしさを追い払うことができる〟そう言うと、彼はララを引き寄せた。

「今、時間はあるかい？　見せたいものがあるんだ」

「もちろんよ」

「よかった。あいつらが隠れてしまう前に行こう」

「あいつら？」

「見ればわかる」カーソンはララを下ろし、手を取ってドアに向かった。

ララは書斎をおおい尽くさんばかりに散らばっている写真や書類を見ないふりをした。調査は少し遅れているが、指導教官からは必要なだけ時間をとるようにと言われていた――カーソンの妻なのだから質問をしたり境界標識を捜したりしても、牧場を追い出されることはない。それにこんなに美しい日に家の中にいるのはもったいない。たとえ、古い写真の選別という楽しい仕事があったとしても。空気は活気に満ちているし、ララ自身元気そのものだ。そしてカーソンの手は温かい。

カーソンはララをピックアップ・トラックに乗せ、くねくねとうねる、わだちのついた牧場内の道を走っていった。車は、初夏を迎えてまた青々と牧草が茂り始めたロッキング・Bの敷地の端まで来た。

彼はトラックを停(と)め、ララを下ろしてしっかりと手を握った。そしてほほえみを浮かべ、きょろきょろとあたりを見まわすララの質問には答えなかった。二人は家畜が踏み固めた小道を歩いていき、水がさざ波を立ててわき出ている小さな池にたどり着いた。池の周囲には葦や蒲が生えている。

静かにと手で合図しながら、カーソンはララを池を見晴らす小高い丘の裏側に連れていった。丘のてっぺんに上ると、彼はララに花で彩られたかぐわしい草の中に身をひそめさせた。座ると、もう草むらに隠れてララの姿は見えない。彼はララのうしろに座り、脚の間に引き寄せて胸にもたれさせた。そして、トラックから持ってきた双眼鏡を取り出した。

「ここは風上なんだ」かろうじて聞こえる声で、カーソンは言った。「だから静かにしなければいけない。声が遠くまで通るから、驚かさないようにしないと」彼は双眼鏡で池を見まわした。「僕だってあんなにたくさん……あっ、いたいた！　かわいそうに、そのままでいるか、岩陰に隠れるか迷っているよ」

ララの背中に、カーソンの胸が声のない笑いに震えるのが伝わってきた。

「ほら」彼はララに双眼鏡を渡した。「あの小さな柳の左側だ。見えるだろう？」

「見えるって、何が？」ララは双眼鏡を動かした。「いったい何が……カーソン！」ふいにララは声をあげた。抑えた口調だが、興奮している。「母鴨が子鴨に囲まれてるわ！」

「おもしろいだろう？　あれを見つけたときは、君に見せたくてたまらなかった。あんなにたくさん子鴨を連れた鴨は見たことがない」

「あなたの言うとおりだわ。胸を張ってそこにとどまるか、岩陰に隠れて安心するか迷っているみたい」しばらくララは声に出さずに数を数えていた。数が増えるにつれ、声が大きくなった。自分の目が信じられない。「……十二、十三、十四」水面を動きまわる子鴨を目で追いながら、彼女はゆっくり数えた。「十五！」そしてため息をついた。「すごいわ。十五羽もかわいい子鴨がいるなんて。今月あの親鴨の幸運を分けてもらえないかしら」

カーソンの顔からユーモアが消え、真剣な表情になった。彼は目を閉じ、ララが気がつかないぐらい軽く彼女の髪に唇をつけた。

「本当にそうしたいのかい、リトル・フォックス？」痛いような胸のうずきを感じながら、彼はララの首筋にキスした。「君にはしあわせでいてほしい」

ララは双眼鏡を下げ、カーソンの温かくたくましい胸にもたれた。「あなたの赤ちゃんがほしいの」

その言葉を聞いて彼の体に震えが走るのが、ララにはわかった。彼がはっと息をのむのを聞き、彼が顔を近づけてきたときに頬にほんのひとすじ濡れた跡があるのを感じた。

「カーソン」これほど彼の心を動かしたのだという思いに、ララの声は震えた。

「君以外に僕をほしいと思ってくれた人は誰もいない。僕を産んだ女性も、養子にした男女も、大牧場と結婚したいと思っていた女性たちも」その声はかすれていた。彼はララを抱きしめる腕に力を込めた。「でも君は戻ってきて、四年前君をあんなふうに傷つけた僕を求めてくれる。君が僕の子どもをほしがっていると思っただけで――」

カーソンはため息をつき、言葉を続けるのをあきらめて、夏のやさしい風が二人のまわりの草むらでささやく間ずっとララを抱きしめていた。やがて腕の力をゆるめると、命より大事に思っているかのようにララにキスした。

「もう戻ったほうがよさそうだ」彼はしぶしぶ言った。「君の仕事の時間がなくなってしまう。本当は先週のうちにコピーする写真を持っていく予定だったんだろう？　それなのに、今朝も二人そろって寝坊だ」

そのことを思い出して、カーソンはほほえんだ。しかし、同時に気づいてもいた。ララが調査に時間をかければかけるほど、見つけ出すパズルのピースも増えていく。そしてララといっしょにいる時間が増えれば増えるほど、失いたくないものの重さを思い知ることになる。家庭を持ち、本当の家族を築きたいなら、自分で実現するしかないと十五のときから彼は知っていた。しかし女性とのつきあいが増えるにつれ、その夢は遠ざかっていき、ついには忘れてしまった。

そんなときララが戻ってきて人生は百八十度変わり、それまで自分がどれほどむなしい存在だったかがわかった。ときどきカーソンは、古い殻がひび割れて崩れ落ちたおかげで、新しい考え方、希望、笑い、感情、そして泣く力さえ生まれる余裕ができたと思うことがあった。

ララはカーソンの胸の中で身動きし、彼に顔を向けてほほえんだ。青々とした草を背景にしていると彼の目の緑色の部分が琥珀色をおおい隠し、ロングプールでのひとときを思い出させた。

「こんな不思議な目は見たことがないわ。いつ見ても違うけど、いつもきれい」

カーソンはにっこりして、唇でララの頬をかすめた。「僕が君の体の不思議なところやきれいなところを話し始めたら、夕食どころか初雪までに牧場に帰り着けるかどうかあやしいものだ」

「脅してるの、それともそうしたいの？」ララは彼の下唇を一瞬歯でとらえた。

「いっしょに考えよう」

カーソンの見たところ、つかの間ララは乗り気の様子だったが、ため息をつくと指先で彼の唇を撫でた。「ドノバン先生が旅行に出かける前に会えるように写真を持っていかなければ」

ぴったりと身を寄せあっていたので、カーソンはドノバンの名を聞いて体がこわばったのをララに隠せなかった。彼は唇を引き結んだ。そのとき、ララははっと気づいた。弁護士の名前が出るたびに、カーソンが話を変えてしまうことに。ドノバンと約束をするとなぜかかならず問題が持ち上がり、約束を果たせなくなることに。

「あなたは、私がドノバン先生に会うのがいやなのね？」ララは静かに言った。

「そうだ」その言葉は引き結んだ唇同様、そっけなかった。

「どうして？　私たちの結婚を知って先生が送ってきたメモに、まだ腹を立てているんじゃないわよね？　先生は、急いで結婚したのは私が妊娠しているからだろうと言いたかったわけじゃないと思うわ。昔風の紳士だからそんな失礼なことは言わないでしょう」

弁護士が送ってきたメモの内容を思い出し、カーソンは目を閉じて怒りを抑えた。〈やることが早いじゃないか。ラリーは君のことはお見通しだったんだな。すぐに跡継ぎが生まれるだろう。そうなれば、ラリーの後継者がこの先ずっとその土地を手にすることになる。とこしえに、アーメン〉

サッカリー・ドノバンの乱暴な筆跡には怒りがにじみ出ていた。ララにはわからなくても、カーソンにはわかった。弁護士として守る義務があるのにあの秘密をほのめかした彼を、カーソンはひどい目に遭わせてやりたいと思った。しかしラリーが弁護士に遺言を書き換えたいと主張したその日から、あの遺言はドノバンにとっていまわしいものになった。ドノバンは、〝道徳に反するし、どうかしている、ばかげている〟と反論したが、ラリーは聞く耳を持たなかった。遺言は合法でありさえすればいいのだ、と。

とこしえに、アーメン。

「カーソン？」ララがそっと言った。

自分の手ではどうすることもできないばかげた過去のことは頭から追い出し、彼はララに目を向けた。

「サッカリー・ドノバンはラリーに似ているんだ」ようやく彼は口を開いた。「気を許すと、人生の楽しみを全部持っていかれてしまう。サッカリーは過去の人間だ。僕たちは違う」カーソンは頭を下げてララにキスした。ぬくもりを吹き込み、彼女からまたぬくもりをもらうために。「今、君はしあわせだ。僕たち二人ともね。サッカリーとはこれからもかかわらないほうがいい」カーソンはゆっくりとほほえみを浮かべた。「書斎には六つの大学で学位が取れそうなほど書類が散らかっているじゃないか。それ以上何がいるんだい？」

「ロッキング・Bの法律関係の記録に空白があるの」ララはカーソンに理解してもらおうと真剣な目つきで言った。「その空白を埋める書類を持っているのはドノバン先生だけなのよ」彼女は急いで付け加えた。「カーソン、もう過去に傷つけられることはないわ。過去には悲しくて苦いこともあったけど、美しいこともあった。どちらかだけじゃないのよ」

「君は信じていないんだな」カーソンがぽつりと言った。「過去のせいで二人が引き裂かれることもあるということを」

自信に満ちた強い口調に、ララは不安を覚えた。カーソンが今の生活にしあわせを感じるようになれば、彼女があれほど愛する歴史という過去を憎む気持ちも薄れるだろうと思っていた。ところが、そうはならなかった。それどころか、結婚前の二人の過去を毛嫌いする彼の気持ちはどんどん強まっている。

「ほらね？」カーソンは親指で悲しげなララの唇を撫でた。「ついさっきまで僕たちはしあわせだったのに、今は……」そして小声でののしりの言葉を吐き出した。「必要なものを言ってくれ。僕が取ってくるよ。頼むから、サッカリー・ドノバンには近づかないでくれ」

11

ララはカーソンのデスクを押しやり、そろそろと立ち上がった。さっと立ち上がったら部屋がぐるぐるまわり出しそうで危ないと思ったのだ。とうとうロッキング・Bではやっている風邪にかかってしまったのだろうか。年配の牧童は症状が重く、マーチソンとウィリーは二週間も寝たきりで、回復までさらに二週間かかった。マーチソンは働き始めるのが早すぎたせいで病気がぶり返し、また寝込んでしまった。カーソンは微熱が出た日があったが、その夜はいつもよりたくさん寝ただけで、翌日には元気に仕事に戻った。

男たちは、この風邪は形を変えた神の恵みだと冗談を言った。病気のせいで食欲がなくなったからだ。みなモーズのまずい料理に辟易(へきえき)していたのでちょうどよかった。ヨランダは姪(めい)のところで長い休暇を過ごしていた。カーソンの面倒はララが見ているので、姪や孫たちから離れる理由がなかった。

ララは快活にこの数週間を乗りきってきた。おなかをすかせている者には食事を用意し、具合の悪い牧童のためにアスピリンや抗生物質を出してやり、冷たくおいしいフルーツジユースを切らさないようにした。

牧童たちが青い顔で苦しそうにしているのを見て、彼女は胸が痛んだ。そして歴史の研究はひとまず棚に上げ、牧場の家と宿舎との往復に時間を費やした。病人の容態を確認し、熱が三十九度を超えたら医者を呼び、新たに風邪に倒れた牧童のために町に抗生物質を買いに行った。スコット医師はララのことを〝ララ・ナイチンゲール〟と呼んだ。

ララは最近いつもより疲れて食欲が落ちていることを誰にも言っていなかった。これが妊娠のしるしなら、どんなにいいだろう。最後の生理から七週間と四日たっている。この前生理が遅れたときは七週間と五日目にきたので、カーソンにはまだ何も言っていない。あとでがっかりさせたくないからだ。

しかし目の前で部屋が揺らぎ、突然肌に寒けが走るのを感じて、ララは苦々しい思いで負けを認めた。ふだんの元気な彼女を変えたのは、妊娠ではなく風邪だ。

「なんで病気なんかに！」ララは激しい口調で言った。ふいに頬に涙が流れた。

片手でその涙をぬぐう。最近感情が不安定なことも妊娠の期待を高めていたが、こんなふうに突然落ち込むのは変だ。この前生理が遅れたときに、ララは病院に行った。スコット医師は安心させるように言った。〝体にはなんの異常もない。女性の場合、結婚のような人生の変化が体の周期を乱すことがある。心配することはない。半年以上試みても妊娠しない場合は二人とも検査をしよう。それまでは、肩の力を抜いて夜のひとときを楽しむ医師の指示をこれほど熱心に守った人がいるだろうかと思うと、ララは涙ぐみながらもほほえみを浮かべた。二人の間に通いあう情熱は、愛を交わすたびに深みと強さを増していった。カーソンが特別な視線やほほえみを向けただけで、彼女の体に炎が燃え上がった。それはカーソンも同じだった。ララがちらりと見ただけで、少し触れただけで脈が速くなり、官能で熱くなるのがわかった。

ララはふいに身震いし、両腕をこすった。今、カーソンのぬくもりがあればうれしいのに。九月にしては寒い。しかし書斎の壁にかかっている温度計を見たら二十六度を超えていた。決して寒くはない。暑いぐらいだ。

全身が熱かった。熱すぎるほどに。

温度計に背を向けると、部屋が一瞬暗くなったような気がした。めまいがおさまるまでしばらく壁にもたれる。年配の牧童の誰かが、この風邪は第二次大戦以降最悪だと冗談を言っていたのはくやしいけれど本当だ。この病気がトイレにかじりつく必要がないことだけは不幸中の幸いだけれど。症状としては、二、三日から数週間ベッドから起きられず、起きられるようになっても部屋を歩いただけで汗をかくほど体力を消耗してしまうというだけだ。

いったんかかったら、症状はすぐに重くなる。スパーは山から戻れなかったほどだ。実際より悪いふりをしているのではないかとララは疑っていた。でも今、そうではないとわかった。全身がだるい。書斎のソファまで行けばいいだけなのがありがたい。寝室まで行くのは問題外だ。

ララはため息をついてソファに崩れ、しばらくそのままの姿勢で、ソファの背にかかっている毛布を体にかけるために力を振りしぼろうとした。下敷きになっている毛布を取るには、横向きにならなければいけない。とてつもないエネルギーがいりそうだ。体を温かくするためにそこまでする必要があるかどうか判断することもできず、ララは眠ってしまった。


「ウィリー、僕の代わりにソックスの面倒を頼む」カーソンは手綱を差し出した。「ララの様子を見てきたいんだ。今朝は顔色が悪かったから」

「昨日の夜を最後に宿舎には来てないな」大きな馬の手綱を取りながら、ウィリーは言った。「まだ寝てる牧童は一人だけだから、当然といえば当然だが」

カーソンの姿を見つけたララの顔がぱっと輝くのを期待してほほえみを浮かべながら、彼は玄関の階段を一段飛ばしに駆け上がった。サッカリー・ドノバンのことで言いあってから数週間の間、しかたなく渡した法律関係の書類を見てララが何か勘づいたのではないかと心配していたが、今のところ彼女は書類をざっと見ているだけのようだ。

このいまいましい調査が早く終わるよう、カーソンはできるかぎりララを手助けした。早く終わらせて、思いがけなく手に入った新しい人生が木端みじんに吹き飛ばされる恐怖から解放されたい。すべてを失う恐怖は、いつも彼につきまとった。

リビングルームで足を止め、耳を澄ます。ヨランダの仕事を引き継いだララがキッチンでたてる物音が聞こえない。論文を書く手間が省けるようにと彼が使い方を教えたコンピューターのキーボードを打つ音もしない。静まり返っている。カーソンは顔をしかめた。ララはチャンドラーの家に行ってシャイエンのノートを調べているのだろうか。

チャンドラー家のことを思い出して、カーソンはほほえみを浮かべた。結婚の贈り物としてチャンドラー家の土地家屋の証書を渡したとき、彼女の顔が驚きで輝いたのを思い出したからだ。ララには自分自身の土地があるという安心感を与えたかった。万が一、最悪の事態になったときも、その土地がララを引き留め、過去とロッキング・Bとカーソンを置いて出ていかないことを祈る気持ちだった。

声に出さずにカーソンは毒づき、いやな思いを振り払った。そんなことは起きない。絶対に食い止める。

書類の束が床に散らばるような音が書斎から聞こえた。彼は大またに三歩歩いてリビングルームを通り抜けた。書斎に続く廊下に敷かれたラグの上で、彼のブーツがくぐもった音をたてる。書斎のドアが少し開いていた。カーソンはドアを押し開けて中に入り、彼の姿を見つけたララがはっと息をのむのを待った。しかし、カーソンに聞こえたのは、さっきと同じこすれるような音だけだ。さらに足を進める。その瞬間、目に映ったものに心臓がひっくり返りそうになった。ララがソファの上に起き上がろうとしていたが、体ごとずるずるとすべり落ちている。カーソンが聞いたのは、ララの服が革のソファにこすれる音だったのだ。

「ララ！」

その声にララは振り向いた。「カーソン？　私……」歯がかちかちと鳴った。「寒いの。とっても寒い」

「だいじょうぶだよ、リトル・フォックス」カーソンはララをソファから抱き上げた。「僕がいる。僕が面倒を見る」

ララに触れたとたん、牧童の誰よりも重い症状だとわかった。触れると文字どおり燃えるように熱いのに、がたがた震えている。どれぐらいソファに寝ていたのだろう。毛布を体にかける力もなかったのか。そう考えると、これまでに感じたことのない痛みが胸を締めつけた。

ララが助けを必要としていたのに、僕は気づきもしなかった。

カーソンは彼女を二階に運び、ベッドに寝かせた。もどかしげにブーツを脱ぎ、隣にすべり込んでぎゅっと引き寄せる。しばらく彼はほっそりしたララの震える体を抱きしめていた。ゆっくりと背中を撫で、〝僕がついているからだいじょうぶだ、眠ればよくなる〟と繰り返しささやきながら。聞こえているかどうかはわからなかったが、彼はささやき続けた。そうすれば、自分自身の冷たい恐怖を寄せつけずにすむからだ。

カーソンはララを失うことを恐れていたが、こんな形は予想していなかった。夕暮れが夜になるように、ララの命が指の間からすり抜けてしまうなんて。

そんなことを考えた自分を、カーソンはしかりつけた。ララは健康で若く、笑いと活気に満ちている。ただの風邪だ。数日か数週間すれば元気になる。また僕を見上げてほほえみ、口元に唇をすり寄せてくるだろう。そして愛を交わし、僕の名前と愛を叫びながら腕の中でクライマックスに達するだろう。

いずれよくなる。よくならなければだめだ。それ以外の結果は考えられない。

ようやく震えがおさまると、ララは苦しそうにため息をつき、カーソンの腕の中で静かになった。ララが眠ったのを確かめてから彼はそっとベッドを抜け出し、寒くないようにしっかりと上がけでくるんだ。熱に浮かされた眠りの中で、ララは落ち着かなげに彼を呼んだ。

「ここにいるよ」カーソンはやさしく言って、ララの髪を撫でた。「眠るといい。ずっとそばにいるから」

彼はもう片方の手で電話を取り、番号を押して、スコット医師が出るのをもどかしい思いで待った。

「また牧童が風邪にかかったのかね？」

「今度はララです。立ち上がれないほど弱ってソファに倒れていたんです」

「熱は？」

「ひどいですね」

「何度ぐらい？」

「どうだろう。歯の根も合わないぐらい震えていて体温計をくわえさせられないんです。肌はオーブンみたいに熱い」

「吐き気は？」

「本人は寒いとしか言いません。震えがやむと、寝てしまいました」

医師はうなった。「呼吸音は？　悪化して肺炎になることも多いからな」

カーソンの顔つきはさらに暗くなった。ララに顔を寄せ、しばらく耳を澄まして電話に戻った。

「呼吸音は普通です。少し速いかもしれないが、聞いておかしいという感じじゃない」

「二時間でそちらに行くよ。暖かく安静にしておくこと。飲ませられるようなら飲み物を与えてくれ。呼吸の様子が変わったら、起き上がらせてすぐに私に連絡するように」

カーソンは電話を切り、壁の時計を見上げてララに目を戻した。その姿はあまりに小さくて青白く、緑色の上がけの上で折れそうなほど指が細く見える。彼はそっとその手を取ってキスすると、上がけの中に戻した。

彼は今度は納屋に電話してウィリーに、ララがよくなるまでロッキング・Bを代わりに切りまわしてほしいと頼んだ。

医師が来るのを待つ間、時間はのろのろと流れた。ララは寝たり起きたりを繰り返していたが、まわりに気づくほどはっきりと目覚めることはなく、かといって物音で目覚めないほど深く眠ることもなかった。それでも、カーソンがそばにいることはわかっているようだ。それに気づいて、ララの髪を撫でるカーソンの手は震えた。彼はララに繰り返しそっとキスした。感情が古い傷を押し上げるように噴き出し、ついにその傷がなくなってまた胸いっぱいに息ができるようになった気がした。

ようやくスコット医師が玄関に来た音が聞こえた。最後にもう一度ララを撫でると、カーソンは立ち上がって医師を迎えに行った。

「具合はどうだい？」

「うとうとしています。うなされて、熱もある。震えることもあるが、前ほどひどくはありません」

医師はうなった。「何か飲ませたかね？」

カーソンは首を振った。「飲みたがらなくて」

　スコット医師はまたうなった。そしてカーソンのあとについて寝室に入ると、ララの青白い顔とほてった頰を一目見てかばんから体温計を取り出した。

「起きてくれ、ミセス・ブラックリッジ」医師はララを揺さぶった。

　ララは何かつぶやいて身動きした。ようやく開いた目には生気がなかった。

「これを舌の下に入れて」

　ララはまた目を閉じたが、体温計はくわえた。医師は脈を取って血圧を測り、ララの呼吸音に耳を澄ました。熱のせいでララは目覚めているというより、むしろまだ眠っているかのようだ。医師は体温計を抜き取って体温を確認し、カーソンに顔を上げた。

「避妊はしているのかね？」

　カーソンは驚いた。「いいえ」

「やっぱりな。となると、ちょっとやっかいだ」

「どういうことです？」恐怖が体を駆けめぐった。

「まあ、そうあわてなさんな」カーソンの剣幕に医師は眉を上げた。「彼女が妊娠しているかどうかわからないうちは治療できないということだよ。どの薬を使うか慎重に決めないとね。危険がつきものなんだ。確率は低いが、見過ごしにはできない――薬によっては胎児に悪い影響を与えたり、命を奪ったりすることがあるからな」

「先生」カーソンがぶっきらぼうに言った。「あらゆる手を尽くしてくれないなら、先生、に〝悪い影響〟が出ますよ。ララは僕の妻だ。絶対に治してほしい。部屋に入ってきたときには、ララのほほえみが見たい。夕方、池で水鳥が鳴く声を聞きながら散歩したい。野の花を残らず見せて、そして――」

それ以上声が出なくなって、カーソンは顔を背けた。真っ青な顔で横たわり医師の診察を受けているララの姿が胸に突き刺さった。

「わかっているさ」医師はやさしく言った。「最後の生理があったのはいつだね？」

カーソンは考えようとしたが、青ざめて動かないララの顔のイメージが頭から離れなかった。「五週間。いや、七週間だ」

「妊娠検査をしてみないとなんともいえないが――」医師は肩をすくめ、体温計を置いた。

そして上がけの下に手を入れ、ララの腹部をそっと調べた。少し手を止めてからまた触診を続け、上がけをめくって彼女のジーンズのファスナーを下ろした。ララは身動きして何かつぶやき、震えた。カーソンは診察の邪魔にならない程度に、上がけをかけ直した。

「カーソン？」

その声は怖いほどかぼそかった。「ここにいるよ、リトル・フォックス」カーソンはララの手を取った。「スコット先生が診察してから薬を決めたいと言っているんだ」

暗く生気のない目からはララが理解したかどうかはわからなかった。だが、カーソンの手を引き寄せて頰にあてたところを見ると、彼にそばにいてほしいと思っているのは疑いようがない。

「たしかなことは言えないが」ようやく医師が口を開き、上がけを戻した。「少なくとも、妊娠三カ月というところだな。検査してみないとわからんが、君が次の春にパパになることに賭けてもいい」

「でも生理があったんですよ。妊娠しているはずが――」

医師がさえぎった。「ときどきそういうことがあるんだよ。ミセス・ブラックリッジ？

ララ？　聞こえているかね？」

カーソンがララに目を向けると、その頬にひとすじ涙が流れ、ほほえみの隅にとどまっ

ていた。医師もほほえみを返した。

「聞こえていたようだな。最後の生理はどんなだった？」

「軽かったです」ため息のような声でララは答えた。「とっても」

「それ以降に出血は？」

ララはゆっくりと首を振った。

「腹痛は？」

「ありません」

「吐き気は？」

ララはまた首を振った。

医師はうなった。「君はラッキーな男だな」医師は口もきけないでいるカーソンにほほえみかけた。「言葉が出ないのかね？」

カーソンはゆっくりと頭を下げララのまぶたに、頬に、結びあわせた指にキスした。カーソンの頬を撫でた手は熱く、弱々しく震えていたが、これほど彼を感動させた触れあいはなかった。

「注射をしておこうか」医師は昔ながらの黒いかばんから注射器を取り出した。「経口の抗生物質も置いておくから、なくなるまでのむこと。一時間に二百五十ミリリットルの水分をとらないと、点滴しなければいけなくなる。わかるね？」

ララはうなずいた。

スコット医師は血液サンプルを取り、ララに注射をしてかばんをしまった。医師が寝室の外に出ると、カーソンも廊下までついていった。

「だいじょうぶですか？」

「よくなるよ。風邪と妊娠三カ月が重なったとなるとかなり厳しいが、ララには体力がある。赤ちゃんもだいじょうぶだ。母なる自然は母体より胎児を優先するからね」

「それを聞いてもあまりうれしくないですね」

医師は笑った。「そういうものなんだから慣れるしかない。やきもきすることはないさ。大昔から女性がやってきたことだ」

「だからこそ病院に行くんでしょう？　先生、気休めはやめてください。牛の出産を何度も見ているから、うまくいかないことがあることぐらい知っているんだ」

「統計的には――」

「統計なんかどうでもいい！　ララは数字じゃない！」

医師はため息をついた。「君も疲れているんだな。牧童はほとんど病気で仕事がたまっている。それに、慣れない結婚生活。癇癪が爆発するのも当然だ」

カーソンは傍目にもわかるほどの努力で、どうにか感情を抑えた。髪をかき上げて深呼吸し、説明しようとする。「よくなってほしいんです」彼はぽつりと言った。「僕には……ララが必要なんだ」

「赤ちゃんも必要だろう？」

「もちろんです。ぜひほしいと思ってる」カーソンの声が震えた。「でも、ララのほうが大事なんだ」

「どちらもあきらめる必要などない。それははっきり言っておくよ、カーソン。奥さんはかならずよくなる。だからそばについていてやりなさい」

医師を見送りながらカーソンは、きっとまた明るい日が来ると自分に言い聞かせた。ララはかならずよくなる。

ララが高熱を出した三日間は本人にとってはあっというまに過ぎたが、カーソンにとっては氷河の流れのごとく遅かった。四日目にララの熱はおさまった。六日目にはベッドでの生活を退屈に感じるほど体力もついたが、医師からはあと二日は寝ているようにと言われていた。ララはカーソンをうるさくせっつき、甘い言葉でささやき、あげくのはてにキスを賄賂代わりに使って研究資料を持ってこさせた。しかし、カーソンはせいぜい一時間の仕事量にあたるものしか渡さなかった。それ以外に渡すものはミステリー小説だけだった。

ララはいらいらとため息をつきながら、窓の外を眺めた。そこは庭で、ばらの蔓がからまる高い柵があって庭も寝室も人目につかないようになっている。香りと色彩にあふれるばらと青々とした緑の葉が、ララを外に誘っているかのようだ。暖かいそよ風に何千もの花びらが揺れる庭に、ララは出てみたいと思った。太陽を全身に浴び、病の名残を吹き飛ばし、輝きを取り戻したい。今おとなしくベッドに寝ているのは、カーソンと約束したからだ。

「食欲がありそうだな」手に新刊雑誌を持ったカーソンが戸口に立っていた。

「カーソン！」ララの顔が驚きと喜びで輝いた。「早かったのね」

彼はにっこりし、ララをうれしそうに眺めた。彼が昨日プレゼントしたばら色のレースのガウンがララの肌を輝かせている。「君の笑顔がどれほどすてきか誰かに言われたことはあるかい？　部屋全体が明るくなるよ」

ララはたくましい体を軽々と動かして近づいてくるカーソンを眺めながら、彼を勝ち得た自分はなんてラッキーなのだろうと思った。カーソンが十六歳のころからモンタナじゅうの女性が彼をつかまえようと罠（わな）をしかけていたぐらいなのに。

「ほら」カーソンはベッドの上に雑誌を広げた。「なんでもある」

カラフルな雑誌の表紙を無視して、ララはカーソンに腕を伸ばした。彼の腕のぬくもりが体を包み、ララはキスの濃厚な触れあいを楽しんだ。

「ラズベリーとクリームか」ゆっくりと腕の力を抜き、彼は言った。「僕の好物だ」

「あなたは風の味がする。甘くて荒々しい風の味が」

カーソンの腕に一瞬力が入ったが、彼は体を熱く貫く欲望を抑えた。女性なしで過ごしたことはこれまでもあったが、ララのいないこの一週間ほどつらかったことはなかった。

「カーソン、私、庭に出て太陽を浴びたい。少し歩くぐらいかまわないでしょう？」彼に反対されるのを覚悟して、ララは早口に言った。「バスルームに行くのとそう変わらないし、この三日間は本当に――」

彼に抱き上げられていることに気づいて、ララの言葉はとぎれた。ほどなく彼女は太陽の下に横たわっていた。カーソンが草の上に広げてくれた敷物を通して、地面のぬくもりが背中に伝わってきた。

「ほかには?」カーソンがほほえんだ。

「抱きしめてくれる?」

カーソンはララの隣に寝ころび、抱き寄せた。二人はずっとそうしてただ抱きあい、日光とそのぬくもりを体に受け、花びらの奥の甘い汁を探して飛び交う蜜蜂のかすかな羽音を聞いていた。ララはゆっくりとカーソンのシャツの襟元に手を差し入れ、そっとスナップボタンをはずした。快楽のため息をついて、彼の胸をおおう温かい毛に指をすべらせる。その指が胸の突起に触れると、そこはすぐに硬くなった。ララの体を甘く熱く欲望が貫いた。

「カーソン」ララはそうささやき、彼の唇を求め、見つけ出した。

つかの間、カーソンは深く官能的なキスを楽しんだ。そしてしぶしぶララの手をつかんで愛撫をやめさせ、キスして自分の首のうしろに戻した。

「カーソン?」

「まだだめだ。君はまだ子猫のように弱っているんだから」

「あなたに比べればそうだけど」ララは彼のたくましい肩をもみほぐした。「スコット先生はだいじょうぶだって言っていたわ」

ララはカーソンの体がふいに動きを止めたのを感じた。

「いつそう言っていた?」

「今朝電話したの。〝結婚生活〟を再開したいならそうしてもいい、って。再開したいわ、カーソン」

カーソンの体に、傍目にわかるほど強い震えが走った。脈が速まり、全身が熱くなる。彼はララの言葉に体が反応するのを抑えようとした。しかし、無駄だった。言葉一つ、キス一つで彼は高まり、いとしいぬくもりの中に身を浸したくてたまらなくなる。

「本当に？　書斎で見つけたとき、君はひどいありさまだった。僕は……少し驚いたよ。少しどころじゃない、脚が震えるほど怖かった」カーソンはシルクのような黒髪に顔をうずめた。「絶対に君に痛い思いをさせたくないんだ」

「それなら、愛してちょうだい。痛いほどあなたがほしいの」

「ララ」カーソンはかすれ声で言い、どうしても自分を抑えきれずララを強く抱きしめた。「甘くて美しい僕の妻」そしてようやく彼女を離し、服を脱ごうと立ち上がった。

たくましい体が服の下から現れるのを見て、ララは期待に震えた。彼がどれほど高まっているかを目のあたりにして息をのむ。カーソンが脇(わき)に膝をついたとき、ララは彼の体に指先をすべらせ、熱い欲望のしるしに触れた。しばらく彼は、甘い拷問のような愛撫に身をまかせていたが、さっと手を下ろしてララの震える指を体から離した。

「まだ早いよ」自分を抑えながら、カーソンは情熱と後悔を込めて言った。「君は体力が戻っていない。震えているじゃないか」

ララは笑いともすすり泣きとも取れない声をあげた。そして欲望に色濃くかげった目でカーソンを見つめた。

「私が震えているのは、どんな快楽が待っているか知っているからよ。そこに連れていって。いっしょに行ってちょうだい」

今度はカーソンの指が震えた。彼女の名をささやきながら、下唇のやわらかなカーブを指でたどる。そして頭を下げ、唇の奥にあるぬくもりを味わった。高まる欲望にせき立てられるように激しく愛されるものと思っていたララは、繊細でエロティックなキスに身を震わせた。それは、腿にあたる熱く脈打つ高ぶりとあまりに対照的だった。

「カーソン」ララはささやいた。彼の背中の筋肉の一つ一つがこわばるのがわかる。「遠慮しないで。私は――」

ララの言葉は熱い驚きの叫びに取って代わった。カーソンの指先がなめらかなガウンの下にすべり込み、膝のうしろのやわらかい肌に触れたからだ。それに応えるようにララは膝を曲げ、彼の手に身をさらした。その手はそっと腿を撫で上げ、甘い秘密を隠している部分をかすめた。

ガウンがするすると肌の上をすべっていき、代わりにカーソンの唇と太陽のぬくもりが素足に降りそそいだ。もう片方の膝の裏を撫でられるのを感じ、ララはその脚も引き上げてカーソンと太陽に自分をさらけ出した。高まりがララのやわらかい部分に触れるほどすぐそばにひざまずいているのに、カーソンは彼女を奪おうとはしなかった。

欲望に身を焦がされ、ララは彼の名を呼んだ。喉からもれたその声はあえぎに変わった。ガウンがめくれて、白いサテンのような胸のふくらみとベルベットのようになめらかな先端がむき出しになったからだ。

カーソンの舌が先端に触れ、周囲をそっとたどり、そのたびに震えるララの反応を味わった。それから彼は日の光のようにやさしくそっと唇に、首のくぼみにキスし、クリームのような胸のふくらみに、濃いピンク色の頂に、へそのくぼみに、なめらかなカーブを描く腿に口づけをした。じらすように脚の上をすべる彼の愛撫にララはたまらず身動きし、膝を上に引き上げて信頼と降伏を示した。

最もやわらかな部分に彼の指先が触れると、ララの全身に欲望の波が走った。目を開けてカーソンの名を呼ぼうとしたが、喉からもれたのは快楽のあえぎだけ。カーソンは彼女の目を見つめたまま愛撫を繰り返した。ララがカーソンを求めて熱く溶ける感触に、彼はほほえんだ。てのひらでゆっくりと触れると、ララの喉からあえぎ声がもれた。その手を中心にけだるい炎が広がる。ララは口を開こうとしたが、彼にゆっくりと貫かれるのを感じて言葉は消えた。その感覚のすばらしさに彼女は目を閉じ、腰を突き上げて無言のうちに彼をさらに求めた。カーソンは小刻みに動いてそれに応え、ララの体に快楽のさざ波を立てた。

彼がようやくララを満たしたとき、彼女の口からあえぎに似たため息がもれた。しかしカーソンはすぐに身を引き、ララから離れた。

「カーソン」痛いほどの欲望と快楽にかげった彼の目を見つめ、ララはささやいた。

彼はゆっくりとまたララの中に戻り、完璧に満たし、やさしく動いた。情熱の表し方がどれほどたくさんあるかを一つ一つの動きで示しながら。張りつめた顔と汗の光るたくましい体を見て、自制に満ちた動きを感じると、ふいにララの体はほぐれて、たえまないさざ波にのまれた。そのあまりのすばらしさに、彼女はいつのまにかすすり泣きをもらした。カーソンは力強く動き、ララがクライマックスを迎えるよううながした。やがて彼も頂点に達し、無意識のうちに声をあげながら自分自身を解き放った。

結びあわさった二人の体から快楽の最後の震えが消えると、カーソンはララのまつげについた涙をキスでぬぐった。そして彼女を抱いたまま、仰向けになった。風でめくれ上がった敷物でララをおおい、そっとキスする。ララはにっこりして彼にすり寄った。彼があまりにいとしく、言葉に出してそう言いそうになった。でも、彼に同じ言葉を返すよう求めていると思われるのは困る。

胸が痛くなるようなやさしさに満たされて、ララはカーソンの温かい肌に唇を寄せ、彼の腕の中で体の力を抜いた。カーソンも同じようにやさしくキスを返し、眠りに落ちるララを抱きしめていた。彼女を魂にまで取り込めたらどれほどいいだろう、と体が震えるほど強く思いながら。

「リトル・フォックス。君がいなくなったら、僕はどうなるだろう?」

答えはなかった。ララの髪が風に吹かれて彼の頬にはらりと落ちた。

12

カーソンの唇がゆっくりと離れると、ララはつぶやいた。「研究の書類を持ってきてもらうための賄賂だと思っていたのに、どちらがどちらを買収しようとしているのかわからなくなったわ」

美しくもあり苦しそうでもあるほほえみが、カーソンの顔に浮かんだ。ララがベッドを離れて一週間になるが、書斎で見つけたときの彼女の無力な状態を思い出すと、彼の胸は今も恐怖で冷たくなった。

「僕が買収しているんだ」彼はそうささやき、服を着てベッドの上で脚を組んでいるララを見下ろした。「たとえスコット医師が、外出して子牛に焼き印を押してもいいと言ったとしても、無理はしないでほしい。ここにいてくれ。僕が戻るまでここにいるんだ」

「心配しなくていいのに」ララはカーソンの手を取って唇に押しあてた。「私はもう元気よ。前より元気なぐらい」彼女はにっこりして、少し丸くなってきたおなかに片手をあてた。「二倍も元気だわ。さあ、牧場の仕事に行って。この二週間、私の世話をするためにあなたの仕事がどれほどたまったかと思うとぞっとするわ」

「君の熱が下がってからの一瞬一瞬を僕は楽しんだよ」ララを見る彼の目は熱く輝いていて……何かにおびえているようだ。「君は僕にたくさんのものを与えてくれた。とても言葉にできないほど。その一部でも返せるならうれしいよ」

カーソンのうしろでそっとドアが閉まり、ララは一人になった。しかしさびしくはなかった。カーソンの深みのある声が耳に残り、こちらを見つめる温かな金色のまなざしが目に焼きついていたからだ。ララはほほえみを浮かべ、ロッキング・Bの法律関係を扱った書類に手を伸ばした。

何年ぶりというぐらい活気に満ちた気分で、ララはロッキング・Bの歴史の最後の二十年間の記録を調べ始めた。九カ月以内に返済された種や肥料などの少額の貸付の記録が多い。

その中の一つがララの興味を引いた。ラリー・ブラックリッジの署名があるが、ドノバンの弁護士事務所の弁護士が書いたものではなかった。一枚目から判断すると、ラリー・ブラックリッジがモンロー・ホワイトからかなりまとまった額の金を無利子で借りる際の条件を細かく定めたもののようだ。

「ホワイト」ララはつぶやいた。「ホワイト。ロッキング・B関連で聞いたことがあったかしら？　遠い親戚(しんせき)？　きっとそうだわ。そうでなければ、抵当も利子もなしに大金を貸すなんてありえない」

ララはノートを引き寄せ、ペンを片手に読み始めた。読めば読むほど意味がわからなくなる。それが法律文書の困ったところだ。彼女は苦々しくそう思った。ため息をついて一ページ目を読み直した。

そのうち、自分が読んでいるのがシャロン・ハリントンとローレンス・ブラックリッジの婚前契約書だということがわかった。モンロー・ホワイトはシャロンの母方の祖父で、大富豪だった。法律用語を突きつめると、冷徹な内容が浮かび上がってきた。〝三十四歳の女性シャロンは、あらゆる意味において、二十四歳の男性ラリーの妻となる。上述の婚姻の対価として、シャロンは一万五千ドルの結婚持参金を用意し、ただちに夫に贈与するものとする。くわえてホワイト家は、この婚姻が継続するかぎり、ロッキング・Bが今後必要とする資金を無利子で貸しつけることに合意する〟

そのあと何ページも読みにくい小さな字で書かれた詳細部分が続いていたが、その意味は歴然としていた。モンロー・ホワイトは、気の毒なほど魅力のない独身の孫娘に破産同然の牧場主を買い与えたのだ。ラリーがシャロンと結婚したのは愛ではなく絶望のためだった。世界じゅうの何よりも大事な牧場を手放すせとぎわに追い込まれたのだ。ホワイトは抜け目なかった。契約書のどこを見ても、ロッキング・Bを手放さずにラリーがシャロンを捨てる道はない。

ララは無意識のうちにため息をつき、ラリーの結婚をめぐる悲しい契約を脇に置いた。ララが子どものころから抱いていた一つの疑問に答えが出た。ラリーがなぜ自分の実の子の母親と結婚しなかったのか、その理由がわかった。ラリーはベッキーを愛していたが、ロッキング・Bはもっと大事だった。シャロンのほうは……これまでララが耳にした噂が本当なら、最初はラリー・ブラックリッジを愛していた。金というえさがなくては手に入れることのできないハンサムな若い男へ、見込みのない思いを抱いていた。

やがてシャロンは自分を裏切ったラリーをとことん憎むようになる。

ララは書類に目を戻した。その六年後、意外な事実がわかった。有名な大病院メイヨー・クリニックの医師のサインつきで、シャロン・ハリントン・ブラックリッジは子どもを産めない体であり、現代医療では治せないと書かれたメモがあった。その三週間後の日付で別の法律文書があった。これもドノバンの法律事務所で作られたものではなかった。特定はされていないが一定の〝対価〟と引き換えに、匿名の未成年者が自分の子どもをブラックリッジ家の養子とすることに合意するものだ。その二カ月後、名前のない子どもは正式に、ローレンスとシャロンのブラックリッジ夫妻の息子であり相続人であるカーソン・ハリントン・ブラックリッジとなった。養子縁組がおこなわれた日、モンロー・ホワイトからロッキング・Bの口座に十万ドルの入金があった。

しばらくララの目は涙でかすんだ。そっけない会計処理の書類の向こうに、痛ましい生の叫びが聞こえる。カーソンを養子に迎える日までの三年間、ロッキング・Bがひどい状態だったことが調査からわかった。牛肉価格の下落、厳しい嵐、疫病――牧場主が恐れるあらゆる不幸がいっせいにロッキング・Bに襲いかかった。ラリーの借金はかさんだ。

結局彼は、自分の血を分けた子どもという夢と、ロッキング・Bの所有権のどちらかを選ばざるをえなくなった。

法律用語の山の中には、ラリーが金で買って養子にした子どもをすすんで愛そうとしたことを示す条項は何もなかった。ララがロッキング・Bの歴史を調べたかぎりでは、ラリーが愛を重視していた証拠は見あたらない――土地への愛をのぞいては。土地と、そして血のつながり。結局のところ、ラリーは土地に対して強い執着を示した。

ララは自分でも気づかないうちに片手をウエストのすぐ下にあてていた。まだ生まれてこない我が子に、あなたは求められ、愛され、大事にされるからだいじょうぶと言い聞かせるかのように。この子は父と母の駆け引きの材料にはならない。カーソンのように、鏡を見て自分は望まれない子どもだと思うこともない。シャロンは家族を求めた。そして、養子縁組に対するラリーの同意と子どもを金で買った。ラリーは十万ドルを得た。

唯一の父親から求められずに育ったカーソンの子ども時代を、ララは考えまいとした。涙で目がかすむ。彼女は涙を抑えようとした。今カーソンのことを考えたら、研究対象と距離を置くのに必要な客観性を失ってしまう。人の心の悲しみに、耐えがたい痛みに思いをはせるのはあとだ。愛する男性の孤独な少年時代を思って泣くのはあとだ。
ララは暗い気持ちで書類に戻った。危うく自分の子ども時代に間接的に影響を与えた書類を見逃すところだった。それも貸付書類で、ホワイトからの金をロッキング・Bの空っぽの金庫に入れるためのものだった。その貸付でロッキング・Bの敷地は倍になり、ラリーの夢にも匹敵する一大帝国が生まれた。ララの目を引いたのはその日付だ――ララが生まれる六カ月前。

その書類には、ラリーが嫡出子以外の子どもを認知することは認めないと定められていた。シャロンより先にラリーが死んだら、牧場はシャロンとカーソンのものになる。シャロンが先に死んだら、彼女の分はカーソンのものとしてラリーにゆだねられる。ラリーがシャロンかカーソン・ブラックリッジ以外の者に牧場を売ったり、譲渡したり、貸付の担保として使おうとしたりした場合、モンロー・ホワイトへの負債はただちに支払期日を迎え、全額支払われるものとする。

つまり、ラリーがララを自分の非嫡出子と認めればロッキング・Bを失うことになる。この数年の間にホワイトが牧場に与えた多額の〝貸付金〟は、牧場を手放さなければとても払えない金額になっていた。

「信じられない」ララはつぶやき、震える手で書類を置いた。「シャロンは心底ラリーを憎み、私たち母娘(おやこ)を憎んでいたんだわ。四十年もロッキング・Bという刃(やいば)をラリーの喉元に突きつけていたなんて。ラリーも妻を憎んだに違いない——妻だけでなく、妻から押しつけられた〝息子〟も。南北戦争のころから続く牧場を継がせる実の子どもだけを望んでいたのに」

ラリーがララを認知しなかったのは彼女のことを恥じていたからではないとわかって、古い傷の痛みがやわらぐような気がした。ベッキーのカメラに甘い笑顔を見せていた男性は、実の娘を軽んじていたのではなかった。彼は残酷なジレンマに苦しんでいたのだ。

そのときある思いが黒い稲光のようにララの頭をよぎり、寒々とした暗い気分を残した。カーソンはベッキーとララを憎んだに違いない。二人はカーソンにないものを持っていた——ラリーの好意を。

「ああ、カーソン」ララはベッドの上に散らばった書類を見るともなく見た。「どれほどつらい思いをしたのかしら。あんな憎しみから私たちの関係が生まれたかと思うと皮肉だわ。カーソンが四年前ラリーに仕返ししたいと思わなかったら、自分の不幸を象徴する女としてじゃなく、私個人を知ろうとして近づいたりはしなかったでしょうね」

四年前の夜を思い出し、ララの目は涙で熱くなった。しかしそれは前とは違う涙、恥ずかしさではなく理解から生まれた涙だった。

「奇跡だわ。四年前、私を立ち上がれないほど傷つけるチャンスがあったのに彼はそうしなかった。ずっと望んでいた復讐（ふくしゅう）を果たさずに我慢するのはつらかったに違いないわ」

ララは目を閉じ、涙をこらえた。もう少しのところで、友人として、恋人として、夫として、子どもの父親としてのカーソンを失うところだった。カーソンは残酷な過去のことを話しあうことすらしない。愛を信じないのと同じように。ララはそれを責められなかった。彼のように育てられ、〝愛〟の名のもとにシャロンとベッキーとラリーの間に何があったかを見ていれば、愛の苦しみに身をゆだねるほど強い人間にはなれないだろう。

「いつの日かあなたもわかるわ、カーソン」ララは膝に置いた書類のなめらかな表面を指で撫(な)でた。「過去は私たちのうしろにある。前じゃなくて。過去の悲しみも憎しみも私たちには関係ない。私たちはたたかって勝ったのよ」

そうつぶやくララの頬に涙が音もなく流れた。この書類を読んだために歴史の書物の一ページが開き、ララに過去と現在の真実を見せてくれた。それは強烈で、心痛むものでもあった。カーソンがなぜときどき不安そうな顔で自分を見るのか、ララはその理由が少しわかったような気がした。カーソンは愛されたことがない。今でも私の愛を信じることは難しいのだろう。だから、前触れもなくその愛がなくなるのではないかと思っているのだ。過去は過ぎ去ったものとして忘れ、生きている者は未来を見るべきだ。過去は現在のしあわせを壊すだけだ。

カーソンは何度この言葉を形を変えて言っただろう。

そして私は何度彼に自分の愛を理解させようとしただろう。

過去に対するカーソンの憎しみは、過去に対する私の興味と同じぐらい根深い。いいえ、違う。彼の憎しみのほうが大きい。カーソンは今もなお過去とたたかい、過去の冷たい重みから抜け出そうとしている。そして現在の可能性のぬくもりの中でしっかりと生きていこうとしている。

カーソンにとってそれが簡単なことではないのは、ララにもわかった。昨夜目を覚ますと、カーソンは身じろぎもせずにベッドに座っていた。もしかしてロッキング・Bの人々を苦しめた風邪にかかったのではないかと彼女は心配になった。だいじょうぶかたずねると、彼は〝君がいなくなった夢を見た〟とだけ答えた。そして彼は、ララを魂にまで取り込もうとするかのように、痛いほどの激しさで愛した。二人がまた寝入ったあとも、彼はしっかりとララを抱いていた。目覚めたときに彼女がいなくなっているのを恐れるかのように。

そして今朝、過去を示す書類の山に囲まれたララに彼はなんと言っただろう？

〝ここにいてくれ。僕が戻るまでここにいるんだ〟

涙がぬぐってもぬぐってもあふれてくる。カーソンが過去に受けた傷の深さを思うと、ララはまるで自分が愛されずに育てられたような痛みを感じた。カーソンのもとに駆け寄り、〝愛してる、絶対に離れたりしない〟と告げ、抱きあいたい。

「心じゃなくて頭を使わなくては」ララは自分にそう言い聞かせ、頬の涙をぬぐった。

「カーソンが生まれてからずっと学んできたことを一日で変えるのは無理だわ。そんなことはばかげてるし、残酷でもある。私が愛を信じられるのはいつも愛されてきたから。カーソンが人に愛されるのを許したのはこの数カ月だけだわ。愛が彼の過去の一部になるまで時間をあげなくては。そうすれば、恐れずに未来に顔を向けることができる。そうやって彼を癒(いや)してあげよう。真夜中に目を覚ましたら抱きしめて、朝には隣にいて、彼を愛してあげよう」

カーソンのことを考えるのはやめ、ロッキング・Bの二十年分の法的書類をきれいな山により分けているうちに涙は乾いていった。それが終わると、ララはラベルを貼(は)り、ほっとした思いで書類の山を脇によけた。書類の調査を面倒だと思ったことはなかったが、この十年の歴史はあまりにつらくて調査を楽しむ気になれなかった。でも、最悪の部分は終わった。基礎調査は終わりだ。これから論文に取りかからなければ。

やっかいな仕事を片づけた自分へのごほうびとして、ララはカーソンがチャンドラーの家から持ってきてくれた祖父シャイエンの日記の箱を取り出した。彼女は、祖父が牧場や人や暮らしのことを書くときの機知や心に迫る描写が好きだった。祖父の日記はほとんど全部読んだが、ララが生まれてからのものは調査に必要ないのでまだ目を通していなかった。今まで自分の過去と面と向かう勇気が出なかったわけではない。カーソンがなぜあんな人生を送ることになったのかを知ったあとだけに、心を癒すものとして自分の過去を振り返りたかった。

ララは重い革装の日記帳を膝にのせ、ベッドの枠にもたれかかった。子どものころの記憶で今でも頭に残っているものの一つが、鍵(かぎ)つきの戸棚から大きな革装の本を取り出してキッチンに行く祖父の姿だ。ランプの明かりのそばで祖父が日記を書くのを、そして丁寧に写真や手紙を貼りつけるのを、ララは興味津々で眺めた。

日記を全部見せてほしいとララが頼むと祖父はいつもやさしく断り、これは個人的な歴史だから、自分が死にぎわに最後の言葉を口にするまでは誰も読んではいけないと言った。

日記帳を開くと、歴史が目に飛び込んできた。十四歳のベッキーが二人の大男にはさまれて立っている写真だ。一人はシャイエンで、もう一人はラリー。母は二人の男に腕をまわし、頭をのけぞらせて笑っている。そして、いたずらっぽくもあり、魅力的な男性を意識するようでもあるまなざしでラリーをちらりと見ている。一方、ラリーは不思議な表情で母を見下ろしていた。少女が立っていると思ったところに見知らぬ女性がいるのを見つけたかのように。写真の日付はララが生まれる二年前。写真の下には祖父の優美な筆跡で一行説明が書かれている。その書き込み自体の日付はララの生まれた日だ。

〈すべてがこの日に始まったと思うことがある〉

つかの間、ララは日記を閉じたい衝動とたたかった。のぞき見をしているような気がする。そう思うと、苦いほほえみが浮かんだ。のぞき見るのが歴史家の仕事でしょう？　他人の生活の燃えさしや灰をかきまわせるのなら、もちろん自分のだってできるはずよ。

〈ベッキーのことが心配だ〉

父親を心配させるほど美しい娘に対する不安が、長々と書かれている。ラリー・ブラックリッジの名前はどこにも出てこない。

そのあと数カ月は、家畜や土地のこと、牧場経営のちょっとした危機や成功のこと以外は何も書かれていなかった。やがてララは、祖父が一度書いたあとでアンダーラインを引き足した部分に気づいた。余白にアンダーラインを引いた日付が入れてある。

〈ラリーの妻はラリーにきつくあたっているらしい。ラリーは家にいるよりうちにいるほうが多い。ベッキーは大喜びでうちの男たちに料理を作っている。ラリーも喜んでいる。この男がこんなに笑うとは知らなかった〉

余白に書かれている日付は、ララが生まれる一年前だ。

それに続くページには牧場に関する記述があり、何ページか破り取られたあとがあった。すりきれたページに短く一言だけ書かれている。

〈世の中には言葉にしないほうがいいこともある〉

ララにはぴんときた。破り取られたページには、年若い娘がラリー・ブラックリッジの子を妊娠したのを知ったときの祖父の気持ちが書いてあったに違いない。彼女はしばらく目を閉じ、自分が生まれたことが愛する人たちにこれほどの痛みを与えなければよかったのにと思った。

ページを繰ると、厚紙に貼った新生児の写真が現れた。ぷくぷくした小さな赤ん坊がまばたきもせずにカメラを見つめている。厚紙の下に見慣れぬ筆跡の書き込みがあった。読んでいくうちにそれが母のものだとわかった。

〈あなたは今日生まれました。あなたは私だけのために生まれてくれたわ。こんなふうにあなたを自分のものにできる人は私しかいない。あなたを、輝きという意味のララと呼びます。なぜなら、あなたは私の愛がラリーに投げかける光だから。こんにちは、ララ・チャンドラー。ばら色の頬と小さな指を持った私の大事な娘〉

ララの目にまた涙があふれた。本当の姿を知る前に逝ってしまった母に触れるかのように、ララはその書き込みを指先でたどった。ページを見るともなく眺めていると、母にいろいろなことを話せたらどんなにいいだろうという思いがふいに込み上げた。

厚紙には別の書き込みがあり、それは祖父によるものだった。

〈ベッキーの葬儀のあとにこれを見つけた。子どもをこの世に迎えるには、ベッキーが妊娠していると知って私が吐いた言葉よりこのほうがふさわしい〉

ララはその言葉に指をすべらせた。苦々しい失望を大きな愛で包み込んだ祖父の胸のうちを思った。ララは祖父から、愛されている、家族の一員として歓迎されているという以外の感情を感じたことは一度としてなかった。

「あなたみたいな人はなかなかいないわ」ララはつぶやいた。「私にたくさんのものをくれた。私がその愛を返せるようになるまで長生きしてくれてよかった」

ページをめくっていくと、そこにはラリーに対するベッキーの愛と、変えられないものはしかたないという祖父のあきらめが書かれていた。ごくまれに祖父の怒りが表に出ることがあった。それは、このもつれた関係の中で唯一なんの罪もない存在が――つまりララが――不当な仕打ちを受けたときだ。

〈女王蜂（じょおうばち）がまたわがままを言い出した。クリスマスパーティにあの私生児を連れてくるなという。私はこう言ってやった。孫娘を傷つけるぐらいなら死んだほうがましだ、パーティに来てほしくないならショットガンに弾を込めて玄関に立っているといい、と〉

そしてその数日後の日記。

〈ラリーが女王蜂のことをあやまってきた。もちろん、ララはパーティに来てもいいとのことだ。ララのことであの女がうるさく言うのをやめないなら、私ではなくほかの牧童を見つけてくれとラリーに言ってやった。ラリーの妻がベッキーを嫌うのはしかたないが、ララまで巻き込むのは正しいことじゃない。あんなかわいい子はいない〉

ページを繰るララの手はどんどん速くなっていき、頭の中で記憶が渦巻いた。知らなかったことを知るたびに過去が変わっていく。ララの母は山の嵐で死に、なぜ自分に父がいないのか理解できない子どもをあとに残した。ラリーの愛人は山の嵐で死に、愛のない日日を重ねゆくうちに冷酷になるばかりの男をあとに残した。シャイエンの娘は山の嵐で死に、娘の愛は深かったが賢くはなかったことを知る父をあとに残した。ある不倫関係は山の嵐で死に、愛人の妻をあとに残した。感情がねじ曲がるあまり、決して自分を愛そうとしない男への復讐だけを考えるようになった女を。

そしてこの波乱の年月、引き取られた一人の少年は愛の届かない場所で育った。いつも愛を求めながら決して与えられることはなく、愛ではなく復讐こそが長続きする唯一の自然な感情なのだと信じるようになった。

ベッキーの死は、なぜか彼女の人生を分かちあった二人の男を結びつけた。ラリーもシャイエンも、何かつらいことがあると互いに会いに行き、話をすることもあれば、ただ黙っているだけで満足することもあった。ララが十四歳になるころ、シャロン・ブラックリッジに癌(がん)が見つかり手術をした。癌が再発したとき、春の嵐をついてラリーは祖父のもとを訪れた。

〈シャロンが死ぬまでララを誰とも結婚させないようにとラリーが頼んできた。まだ十四歳なんだから男のことで大騒ぎするのは早いと言ってやった。ラリーは黙って私の顔を見ていた。この男がベッキーを十五歳になる前に奪ったのがわかったのはそのときだ。

もう少しで殴りかかりそうになった。こんなふうに感じたのはここ何年もなかったことだ。もう二度とごめんだ〉

それから日記にラリーの名が出てくるまではしばらく間があった。牧場の出来事、孫娘を得意に思う祖父の気持ち、孫娘を大学にやる資金がないのを悔やむ心情が書かれてあった。ページとともに年月は過ぎていき、やがてララは町のカフェで働き始めた。

〈ララのことが心配だ〉

その言葉は冷たい風のように、ララの体を吹きすぎた。ベッキーが若かったころの祖父の不安がこだましている。

〈噂ではカーソンがララを追いかけているらしい。いい男だし家畜を扱う腕もたしかだが、やさしさがない。ララはあんなにやさしい子なのに。気をつけるように言おうかと思ったがやめた。今ララは十八歳で、十三のときからカーソンに熱をあげている。ラリーがベッキーにしたように、カーソンがもっと早くララに目をつけなかったのを神に感謝したいぐらいだ――もっとも、カーソンは子どもを誘惑するようなひどいことをする男じゃない。

女王蜂が病気で噂を気にするどころではないのがありがたい。元気なら、カーソンのこともララのこともめちゃくちゃにしようとするだろう〉

祖父が健康を崩したのに合わせて、書き込みはどんどん少なくなり、何も書かれない月日が長くなった。ラリーの最初の発作と祖父自身の心臓発作のことが記録されている。ゆっくりと死に向かうシャロンについての記述は、彼女の葬儀の日付を最後に終わっている。

ページをめくりながら、ララは現実が足元から崩れていくような感覚を味わった。書き込みを読み、信じられない気持ちで、信じたくない気持ちでもう一度読み直す。だがいくら真実とたたかっても動かせない歴史のページはめくられ、新たな過去の姿が浮かび上がる。容赦なく魂に食い込む真実への道を指し示す。本を放（ほう）り投げ、〈こんなの本当じゃない〉と叫びたい。しかしララにできるのは、自分が間違っていることを祈りながら、時間が止まってしまったように何度も書き込みを読み返すことだけだ。

〈退院一日目。また家に戻れてうれしいが、死ぬために戻ったことはわかっている。覚悟はできている。ただ一つ気がかりなのは、ララのことだ。本当にやさしい子だ。ララが自分にふさわしい男を見つけることを祈っているが、それを見届けられるかどうか。何年か前にカーソンと会うのをやめてから男に興味がないようだ。もしかして――〉

　邪魔が入ったのか、日記の文章はそこでとぎれていた。次の文章で、とぎれた理由が書かれていた。

〈ラリーが来た。やっと女王蜂を出し抜くことができた、という。シャロンは、ラリーの血を分けた子どもには牧場を継がせないように手を打っていた。しかしシャロンが亡くなると、すぐさまラリーは遺言を書き直した。ラリーが死んだら、カーソンは一年の間にララと結婚しなければならない。結婚しなければ相続もできない。しかも、見せかけの結婚ではいけない。カーソンは二年以内に子どもをもうけるか、ララが子どもを産めない体で

あることを証明しなければならない〉

何度も読み返しさえすれば意志の力だけで内容を変えられるかのように読み直して、ようやくララは無理やり目を離した。ページをめくる手は冷たく、紙の感触もわからないほどだ。祖父の日記はそこで終わっていた。

ララは、内容が変わっているのではないかという理不尽な願いを抱いて最後の書き込みに戻った。変わってはいなかった。窓からベッドに差す豊かな日の光に耐えられず、目を閉じた。そして理性で考えようとした。しかし思いはカーソンの残酷な嘘をめぐって堂々巡りするだけで、何を考えても結局はそこに戻ってしまう。

見せかけだったのだ。何もかも。彼が私を求める気持ちなどなかった。四年前も、今も。全部見せかけだった。私を求める気持ちなどなかったのだ――かけらほども。

泣くことができれば痛みもやわらいだだろう。だが、涙は出なかった。凍りつくような一瞬で生気は失われてしまった。怒りや苦しみ、絶望でさえ口にできなかった。自分が見知らぬ誰かのように思えた。自分は愛のことを知っている、自分こそ正しく現実を理解している、でもカーソンは違う――そう思っていた。

間違っていたのは自分だった。

カーソンが〝愛している〟と言わないのには、理由があった。これからも言わないだろう。四年前、彼はラリー・ブラックリッジに復讐するためにララを求めたが、最後までやり通すほど残酷ではなかった。四カ月前にふたたび求めたのは、ララがロッキング・Bを手にするために必要な鍵だったからだ。なぜまた彼女を求めるのか説明したとき、カーソンは四年前のことは〝間違い〟だったと言った。首にロープをかけ、引き倒し、焼き印を押すところまでいったのに取り逃がしてしまったといったところだろう。でもカーソンはあのとき、シャロンが死に、ラリーがロッキング・Bの相続に対してとんでもない条件をつけることをまだ知らなかった。

ララが妊娠するのを防ごうとしないのにも理由があった。情熱のあまり避妊を忘れたのではない。愛し育てる子どもがほしいという心の奥の望みがそうさせたわけでもない。彼女が早く妊娠すれば、ロッキング・Bの権利を手に入れる日も早まるからだ。ラリーと同じく、カーソンも土地だけを求めていた。ラリーと同じく、カーソンもロッキング・Bを手放さないために愛していない女と結婚した。

玄関のドアが閉まる音がし、ララはふいに逃げ出せるうちに逃げ出しておけばよかったと思った。今からではもう遅い。歴史のページはめくられ、彼女は新しい世界に閉じ込められた。理解するのが遅すぎた世界に。彼女はもう結婚している。妊娠もしている。

そして土地しか愛さない男を愛している。

母もこんなふうに感じたのだろうか？　自分で作った罠（わな）にはまったような感覚を？　妊娠。間違った男を愛したこと。逃げるところはない。どこへ行っても重い黄金の鎖がつながっている。子どもの母親よりも土地を愛する男に、彼女を引き留める鎖が。

世代を越えて歴史は繰り返す。愛に目もくれず野心と権力を求める心は父から息子へと受け継がれる。とこしえに、アーメン。昔ながらの歴史家は正しかったと、ララは苦い気持ちで考えた。女がいたからこそ男たちは王朝を築けたのに、女より土地や栄光のほうを愛してきたのだ。

とこしえに、アーメン。

13

「ララ、カナダからの嵐(あらし)で水鳥がこっちに流されてきたよ」階段のほうからカーソンの声がした。一言ごとに声が近づいてくる。「嵐が来ないようなら、池に行って月の出に合わせて歌う水鳥の歌を聞きに行こう。本当にいい声で――」ララを見たカーソンは言葉を止めた。「だいじょうぶか、ハニー？　具合が悪いのかい？　スコット先生を呼ぼうか？」

ララは目を閉じたまま、物憂げに手を振った。「いいのよ、カーソン。もうお芝居はやめて」

カーソンの顔から不安が消え、きょとんとした表情になった。「芝居？　なんの芝居だ？」

「心配そうな芝居よ」

「心配って、何が？　水鳥のことか？　ハニー、いったい何を言ってるんだ？」

「私のことよ」ララは下腹に手をあてた。「私たちのこと」

カーソンは身動き一つしなかった。「なんの話かわからない」

「父親たちの罪の話をしているの」猛々しいまでの熱い怒りが駆けめぐるのを感じ、ララは苦い口調で言った。ようやくカーソンに向けた目は、知りたくなかった真実と痛みで暗く沈んでいる。その言葉は論文で使う語彙のように堅苦しくよそよそしかった。

「歴史と土地と相続の話よ。愛してくれる女より何より土地を愛した男の話。ラリーとシャロンとベッキーの話。あなたと私の話。ロッキング・Bと結婚の話よ」

カーソンの顔つきがララの言葉に劣らぬほど寒々としたものになった。一言も言わずに、彼はララのそばに立った。開いたままの日記を手に取り、向きを変えて最後のページを読む。彼は抑揚のない声で毒づき始めた。そしてララのほうを見て、抱きしめようと手を伸ばした。

「ララ――」かすれた声でカーソンは呼んだ。

その瞬間、ララはそれが真実なのだとさとった。すべての言葉が、すべての残酷な裏切りが真実なのだ。彼女は身をすくめた。「やめて。お芝居は終わりよ。あなたには夢があった。私にもあった。どちらもかなわないのが残念だわ」

カーソンは両手でさっとララの頬を包み、ララの視線をまっすぐにとらえた。「それは誤解だ！　ラリーがあのいまいましい遺言を書く前から、僕は君を求めていた」彼はつとめて落ち着いて話し、深呼吸し、予想はしていたが決して現実にならないでほしいと思っていた悪夢を切り抜けようとした。「僕たち二人の間にあったことはとても大切で捨てることなどできない。ショックがおさまったら、君にもわかるはずだ」カーソンは勢い込んで言った。「わからなきゃいけない。リトル・フォックス、君を手放すことはできない」

「どうして？　ほしいものは手に入れたじゃない――復讐もロッキング・Bも。それともラリーの遺言には、祖父が読み落とした細かい条件でもあるの？」苦々しく言うと、ララは唇を固く引き結んだ。

カーソンのまぶたが震えた。彼は自分の痛みをそれ以上は見せようとしなかった。こうなることは予想していたが、二人が作り上げたものがあれば嵐に耐えられるかもしれないとわらにもすがる思いで考えていた。自分が間違っていたという事実が胸に冷たく忍び込んだ。嵐は早く来すぎた。ララは真っ青な顔をしてよそよそしく、冬の月のように冷ややかだった。

カーソンの肌に寒けが走った。

「本当に細かい条件を知りたいのか？」暗い顔つきで、彼は言った。

「知らなければ、ばかを見るわ。もうばかにされるのはいや」

カーソンはゆっくりとララから手を離した。「君は復讐したいんだな？」その口調には好奇心だけではない何かが、ララの胸の苦しみに似た何かがあった。「僕に責める資格はないが」

「私がどれほど愚かで、どこまでだまされていたか知りたいだけ」

「君は二人で過ごした時間をそんなふうに思っているのか？」

「偽りの感傷はやめて」ララは両手を握りしめた。「それだけは耐えられない！」

「ララ」カーソンは痛々しい声で言い、彼女に手を伸ばした。

ララがまた触れられまいと身を引いたので、カーソンは手を下ろした。そして目を閉じた。ララを失うことを予想してはいたが、そうなったらどれほど苦しいかはわかっていなかった。わかろうとしなかったのだ。ララは僕を愛している、と自分に言い聞かせていた。僕が土地にも負けないぐらい彼女を求めていることをわかってくれるはずだ、と。だが、彼女はわかってくれなかった。それも無理はない。ララほどの愛情の強さがあれば何があろうと許してくれるだろうと、僕はたかをくっていた。しかしそれは間違っていた。

カーソンはゆっくりと目を開けた。口角に深く刻まれたしわ以外に、彼の内面をうかがわせるものは何もなかった。

「肝心な部分はシャイエンの日記にあるとおりだ。あとは単純そのものだよ」自制するあまり、彼の口調からは感情が抜け落ちていた。「僕たちが離婚すればロッキング・Bの権利は僕たちの子どものものになり、僕は死ぬまで牧場の経営者としてとどまる。しかし離婚の申し立てをしたのが僕である場合は、牧場はそのままラリーの孫――つまり僕たちの子どものものになり、僕の存在は舞台から消される。僕は生まれもせず、ロッキング・Bで暮らしもしなかったかのように――」言葉はそこでとぎれ、沈黙が続いた。

「もし、孫がいなければ？」ララは静かにたずねた。

カーソンは青ざめた。声を出そうとしたが、出てこない。

ララが堕胎するのではないかという恐怖が、カーソンの顔に浮かんでいる。ララは怒りの奥で痛みがうずくのを感じた。彼はどうして少しも私を愛してくれなかったの？　どうして今でも彼の痛みを感じるの？　この痛みが終わる日は来るの？　おなかにいる子どもは過去の残酷な現実に心を引き裂かれるの？

「心配いらないわ、カーソン」ララは疲れた声で言った。「今あなたがロッキング・Bを失うことはないわ。あなたに仕返しをするためだけに中絶するつもりはないから。ロッキング・Bの歴史は残酷な仕打ちや復讐であふれている。私までその一部になるつもりはないの」

ララはゆっくりと祖父の日記帳を閉じ、脇（わき）に置いた。そのときもう一つの疑問が解け、歴史のページが開き、カーソン・ブラックリッジとの過去に別の角度から光があたった。

「ブラックリッジ家所蔵の古い書類を見せたがらなかったのも当然ね。私があの遺言のことを知るのが怖かったんでしょう。いつ打ち明けるつもりだったの？　子どもが生まれてから？」しばらくカーソンを見つめていたララは、その答えをさとった。「言うつもりはなかったのね？」

「君はしあわせだった。君を悲しませてなんの意味がある？」

ララは答えることができなかった。痛みが波のように押し寄せ、彼女をのみ込もうとした。のみ込まれてはいけない。考えなければ。行動しなければ。これから先、どうやって生きていくか決めなければ。

しかし、どんなにがんばっても痛み以外のことを考えられない。ララは目を閉じ、声をあげて泣ければいいのにと思った。すると、カーソンの温かい手がそっと彼女の頬を包み、持ち上げて視線を合わせた。

「僕との結婚生活はそんなにひどかったかい、リトル・フォックス？」

声をあげて泣けないのに涙で喉が詰まり、ララは息が苦しくなった。「あなたが私を求めていると思っていた間は……いつかきっと私を愛してくれると思っていた間は」彼女はぐっと息をのんだが、楽にはならなかった。「あなたとの暮らしはすばらしかった。でも、私を求める気持ちなんかなかったとわかった今は――」体に震えが走った。「信じられない」かすれた声でララは言った。「どうして牧場に戻ってほしい理由を言ってくれなかったの？」

「僕はずっと君を求めていた。君は僕を怖がっていた。もし打ち明ければ、君はまた逃げ出しただろう」カーソンはララの暗い目と引き結ばれた口元を飢えたように見た。「しあわせそうな君を見るのはうれしかったよ、リトル・フォックス。二人でベッドにいるのもうれしかった、君がほほえみながら駆け寄ってくるのも」

「そうね。それは疑ってないわ。それはつまり、ロッキング・Bがあなたのものだっていうことを意味するんだから」

「そんな意味じゃ――」

「やめて！」ふいにララは叫んだ。「真実はロッキング・Bとブラックリッジ家の歴史を見れば一目瞭然だわ！」彼女はどうにか自分を抑えた。「あなたがなぜこんなことをしたのかは理解できる。いつか許せるとも思うわ。でも、一つだけ許せないことがあるの。それは、私がまたあなたに恋するのを止めようとしなかったあなたのやり方よ。それとも、ラリーの私生児である私への最後の復讐だったの？」

長い沈黙が下りた。カーソンの顔はやつれ、孤独で年をとったように見えた。「この数カ月を思い出してもそう思うのか？」

「あの遺言を見て、それ以外のことを信じられると思う？」

緊張に満ちた沈黙が続いた。ようやく口を開いたカーソンの口調はもう何カ月も耳にしたことのない厳しいものだった。その目は暗く、二月の夜明けのような冷たい琥珀色だ。しかし、その言葉の裏に隠れた熱い思いにララは胸が痛んだ。

「だから言わなかったんだ。君は〝愛している〟と言ってくれたが、この世のどんな愛をもってしても、ラリーの遺言には関係なく僕が君を求めていることを信じさせるのは無理だとわかっていたから。だから何も言わなかった。僕は……」カーソンの唇が苦々しげに曲がった。「君は愚かじゃない。僕と違って。愛のことなら僕のほうが君よりよく知っていたが、それでも希望を持たずにいられなかったんだ。あさはかだったよ。シャロンはラリーを愛し、ラリーを苦しめた。ラリーはベッキーを愛し、また別のやり方で苦しめた。君は僕を愛し、そして僕は――」カーソンはふいに手で何かを断ちきるような仕草をした。「愛なんかくそくらえだ」

そのまま彼は背を向けて出ていった。やや間があって、玄関のドアが閉まる音がした。ララは長い間身じろぎもせず必死に考えようとしたが、痛みを感じる以外のことはできなかった。もうこれ以上寝室にいたくない。ララは薄手のジャケットをはおると、自分に残された唯一の場所、チャンドラーの家に足早に向かった。

しかし、そこも同じではなかった。なじみの使い込まれた家具を見まわしながら、どうして自分の家にいるのによそ者のような気がするのだろう、とララは思った。壁や床の継ぎ目も穴も溝も知っている。ラグのあせた色も、椅子のすりきれた模様も目にしみついている。すべての部屋が、窓が、光と影の変化が、声もなくララに呼びかける。〝私を覚えている？〟答えはいつも決まっている。〝ええ、覚えているわ〟

それなら、なぜ道に迷ったような気がするのだろう？

小さな家の中を歩きまわりながら、ララは部屋を一つ一つ眺めた。ここに戻ってきたのは考えるためだ。ブラックリッジの屋敷では考えることができないから。そこでの思い出はあまりに生々しく、痛みを伴っていて、ララは身をすくめることしかできなかった。彼は牧場を手にした。カーソンが背を向けて家を出ていく直前の様子を思い出したくなかった。だったらどうしてあんなに怒り、悲しげだったのだろう？　それが望みだったはずなのに。愛ではなく土地が。ろうか？　自分自身の歴史の事実を間違えてとらえ、過去の歴史の大事なページを見落としているのだ見えなくなっているのだろうか？

ララは一度、真実をゆがんだ目でしか見られなかったことがある。四年前、カーソンに捨てられたのは自分がラリーの私生児だからだと思い込んでいた。カーソンが彼女に背を向けたのは、復讐のためにバージンを奪うようなひとでなしではなかったからだ。その事実は、ラリーの遺言に何が書かれていても変わらない。動かせない。

カーソンはひとでなしではない。

大学でララは、偏見を裏づけるために歴史的事実をゆがめることしか考えない研究者の論文をいくつも読んだことがあった。今、自分は同じことをしているのだろうか？　この四カ月で最悪なことだけを思い出し、いちばん悪い意味に取っているのではないだろうか？

私が真実を見つけたと知ったとき、どうしてカーソンの目から光が消えたの？　ほしいものは手にしているはずなのに。そうでしょう？

そうじゃないの？

山あいを駆け抜けるカナダからの冷たい風の荒々しい叫び以外、答えるものはなかった。

ふいにララは自分の体を窮屈に感じた。部屋の中にいても、家の中にいても窮屈に思えた。外に出なければ。抑えるもののない自由な空の下で、壮大な山々のみを目にし、荒れくるう風の長い叫びだけを耳にしたい。

そのときララは、母が激しい雷雨のときを好んで外に出たがった理由に気づいた。咆哮する雷の中では母の叫びを聞きつける者は一人もいなかった。

一陣の風がララの手から玄関のドアを奪い取った。ドアは音をたてて壁にたたきつけられ、大きく開いた。そしてもう一度、彼女が閉め忘れたのを責めるように音をたてた。ララは気づかなかった。急ぎ足で庭に出ながら、何も考えずにドアの横のフックから登山用の防寒着を取った。背後でまたドアが壁にたたきつけられて開き、ばたんと閉まった。

ララは家の裏にある牧草の茂る丘の頂上に足早に上り、しばらくそこにたたずんだ。目の前で大きな雲が風に流され、かき乱されている。それだけ見て取ると、彼女は先を急いだ。目的地は決まっていた。もっと天気の穏やかな日に、雷ではなく日の光が降りそそぐ日に、母が連れていってくれた場所だ。

しかし母は荒れくるう嵐の日にもそこへ行った。たった一人で。

雷の前触れが空気を震わせる前に、ララは目的地に着いた。草の茂る峰から突き出た狭い岩場。そちこちで岩の重なりが崩れて石の山になっている。やわらかい岩が削られたあとに硬い岩だけが残り、屋根のように突き出しているところもある。そんな中に、ビッグ・グリーン川の谷を見下ろす小さな狭い洞窟があった。

ララは突き出した岩の下に身をかがめて入り込み、両膝を抱いて嵐がやむのを待った。荒れくるう嵐に翻弄される雲のように思いが千々に乱れる。それを忘れようと、ブラックリッジの家を飛び出してきたのに。彼女はふつふつとわき上がる記憶とたたかい、愛を信じていたころの思い出からぬくもりを奪う冷たさを寄せつけまいとした。荒れくるう嵐のように心の中で思いが錯綜した。

私に触れるとき、カーソンの手は震えていた。

欲望よ。それ以上のものじゃない。本能的な反応なのだから、やさしさや愛とはなんの関係もない。私を愛しているわけじゃない。

体に触れる前に、彼は恐怖を少しずつぬぐい去ってくれた。無理やり迫ることはなかった。情熱のあまり欲望で体が燃え上がりそうなときでも、約束を守ってくれた。

もし無理やり迫られたら、私は逃げ出しただろう。そうなれば、カーソンはロッキング・Bを失うことになる。

カーソンは私に服を脱がせることを許した。触れることを許した。裸になって無防備な姿をさらした。自分をさらけ出した。危険を恐れなかった。私の恐怖を利用したのではない。なぜなら私の恐怖はカーソンがほほえみ、低い笑い声をたて、琥珀色の目に満足げな表情を浮かべるたびに薄れていったのだから。カーソンが両手を縛るかのように自制していなかったら、もっと手っ取り早く私を誘惑できただろう。しかしカーソンは自分を抑え、約束を守ってくれた。そして私が歩み寄るのをただ待った。

ララはじっと座っていた。誘惑するのが唯一の目的だったとしたら、あんなに自制するのはばかげている。カーソンはばかげたことをする男ではない。ということは、誘惑だけが目的だったのではない。

それに気づいたとき、もう一つの思い出がよみがえった。その思い出は風のようにララを震わせた。書斎でのあの夜、数年前に彼女を傷つけたことを苦しみ後悔しているとカーソンが打ち明けたときと同じように。〝ああ、リトル・フォックス。僕は死んでしまいたいほど何度も苦しんだよ〟

ララは激しく身を震わせ、うめき声をあげたが、それは風の長いうなりにのみ込まれてしまった。カーソンの別の言葉がよみがえった。〝愛は嘘だ。警戒心のない無垢な者をだます手段だ〟私はきっと簡単な獲物だったに違いない。一度も裏切られたことがないかのように彼の腕に飛び込んだのだから。でも四年前、カーソンは私を裏切ったわけではない――本当の意味では。彼は冷酷で許しがたい復讐の一歩手前で踏みとどまった。

そのとき、ララはぬくもりといたわりを根底からくつがえす冷たい事実に突きあたった。

結局は、カーソンは私をだましていたのだ。ラリーの遺言のことを話さなかったのだから。

風がうなりをあげて谷を吹き抜け、冷たい嵐の前触れを告げた。遠くで雷がとどろいているのが音ではなく空気でわかった。眼下に広がる緑の谷間の端に見えるのはブラックリッジの家と、チャンドラーの家――ララの家だ。

家を見ただけで、ララは心の深い部分で安心感を覚えた。でもカーソンはそういう安心感を抱いたことがないと彼女は気づいた。彼はほしがっていたのに。必要としていたのに――彼の家を。ラリーの血を分けた子どもでないからロッキング・Bの人間ではないと言われ続けてきたあとで、ようやく手にしたかに思えた場所。身を引き裂くような人生の嵐に襲われたとき、チャンドラーの家という戻っていく場所がなければ私はどんな気がしただろう？　黙って包み込み、安心させてくれる家と、力を与えてくれる愛。その二つを持たないカーソンはどうやって生きてきたのだろう？

彼が心の奥底からロッキング・Bを求めるのも無理はない。人生に求めながらも決して与えられることのない安心感。ラリーの死で、牧場はカーソンの家になるはずだった。そして彼の家になった――ラリーの遺言が開かれるまでは。遺言はカーソンに命じた。牧場がほしいならララ・チャンドラーを誘惑して結婚し、子どもを生ませろ、と。

ララは心の中で自分に問いかけた。カーソンに、彼がそれまで望んできたすべてのものを投げ捨てろと言えるだろうか？　四年たっても顔も合わせないで逃げ出すほど彼が手ひどく傷つけた少女に対する同情心のためだけに。

そのとき、ララは思い出した。カーソンが一年以上も前から彼女を牧場に誘おうとしていたことを。おそらく彼はあえてララの指導教官に連絡して、シャロンとラリーが生きている間にロッキング・Bの歴史調査をしてはどうかと提案したのだ。当時、カーソンがラリーの遺言を知っていたはずはない。遺言が修正されたのは、シャロンが亡くなってからなのだから。

また別の言葉がララの脳裏によみがえった。〝僕はずっと君を求めていた。君の夢を見て汗びっしょりで飛び起きるほどね〟

私を牧場に誘ったのはそれが理由だ。ただの欲望だ。

そんな冷ややかな思いが浮かぶ一方で、ララはそれを信じることができなかった。欲望だけではカーソンが見せた複雑な感情を説明しきれない。嵐のような欲望に取りつかれた男が、未経験のパートナーを満足させることにあれほど心を砕くだろうか？　欲望しか知らない男が、高熱でベッドから出られない女のそばに何日もついているだろうか？　わざわざ仕事を早めに切り上げて池に連れていくだろうか――草むらで体を奪うためではなく、子鴨(こがも)の数をいっしょに数えるために？　彼の子どもをほしがる女がいることに喜びの涙を流すだろうか？

違う。

しかし、またしても冷ややかな思いが温かな思い出を追い払った。妻を妊娠させ、満足させておきたい男ならそうするだろう。ロッキング・Bをしっかりと自分のものにしておくためには、結婚は最低条件だ。子どもが生まれなければ牧場を完全に彼のものにすることはできない。

張り出した岩の下にはほとんど風は吹き込んでこなかったが、ララは身震いした。私と牧場を手中におさめるためにやさしさを装う複雑な計画を実行できるほど、カーソンが冷酷で計算高い人だとはとても思えない。とにかく信じられない。理由はわからないけれど、でも……。

ふいにララは顔をしかめた。高熱に苦しんだあのときの記憶を探る。自分自身の記憶の中ではなく目の前に答えがあるかのように、ララは大地を見渡した。暗い空を稲妻が切り裂いた瞬間、その言葉がよみがえった。スコット医師とカーソンの会話。熱に浮かされた夢だとばかり思っていたけれど、あれは現実だった。

〝僕には……ララが必要なんだ〟

〝赤ちゃんも必要だろう？〟

〝もちろんです。ぜひほしいと思ってる。でも、ララのほうが大事なんだ〟

私がその会話を聞きつけ、頭に刻み込むとは、カーソンは思っていなかっただろう。彼の言葉は計算ではなく感情から出たものだ。カーソンは、ロッキング・Bを自分のものにする権利を与えてくれる子どもより、私のほうが大事だと言ったのだ。それなのに私は、彼が何よりも土地を大事に思っていると信じた。

カーソンが、土地そのものではなくて牧場が表すものをほしがっているのだとしたら？　つまり家を。自分自身の生活の場所。疲れておなかをすかせ、寒さに凍えるときに温かく迎え入れてくれる場所。朝になれば誰かがほほえみかけてくれると安心して眠りにつける場所。両親が誰だろうが、自分を受け入れてくれる場所。

〝でも、僕は完璧じゃない。君を失望させるようなことがあったら、それを思い出してほしい。そして僕を許してほしい〟

私は彼に失望したの？

「彼は私を愛していないのよ！」

自分の声が洞穴に響くのを聞いて、ララは自分が声を出したことに気づいた。

「愛してほしいの。私を。私を」ララは両腕に顔をうずめ、肩をわななかせた。しかし葛藤はやまず、真実の持つ別のページを、別の解釈を探し続けた。

彼が愛してくれないから私は失望したの？　もしカーソンが愛してくれたら、人生はもっと完璧に、もっと満足のいくものになっただろうか？　カーソンが愛してくれていたら、彼はもっと思いやりのある情熱的な恋人だったのだろうか？　病気のときにもっと親切に看病してくれただろうか？　椅子に座る私の横を通るとき、ちょっとした愛撫をしてくれただろうか？　野の花やつやつやした川の石をくれたり、子鴨を引き連れた母鴨を見せに連れていったりしてくれただろうか？　四年前私をどれほどひどく傷つけたか知って涙をこらえただろうか？　私が苦々しい言葉を浴びせかけたとき、彼の目から光が消えただろうか？

「やめて！」自分で自分を言葉で痛めつけているのに、それに気がつかないかのようにララは叫んだ。「もうやめて――」

しかし、言葉は止まらなかった。ララの記憶と知性は容赦なくページをめくり、現実はゆっくりと姿を変え、複雑な真実の新たな一面を照らし出した。理解の光が差し、カーソンと自分の姿を直視したララは、真実は人の言葉からではなく行動から読み取るものだという事実に突きあたった。カーソンは〝愛している〟とは言わなかったが、彼女がこの世でいちばん大事な存在であるかのように接してくれた。

それが愛でないなら、何を愛と呼ぶの？

カーソンを愛していると口に出して言ったにもかかわらず、私は苦く残酷な言葉で彼の夢を奪った。

それで愛があるといえる？

私の愛する男性は今どこにいるのだろう？　もう家ではなくなってしまった場所で痛みやうつろな気持ちを感じるのに耐えられず、嵐の中をさまよっているのだろうか？

喉の詰まったような叫びをあげて、ララは岩棚の下から飛び出した。すぐに風が彼女を取り囲み、氷のような雨が頬を打った。しかしララは何も感じず、峰から響く雷のとどろきも聞こえなかった。聞こえるのはただ自分自身の問いと、その答えのこだまだけ。ララは最初、聞こえるのは、気持ちや夢を叫ぶ自分の声だけだと思った。しかし風をついてその叫び声がまた聞こえたとき、カーソンが彼女の名を呼んでいるのだとわかった。振り向くと、一面に広がる青黒い雲が北西からこちらに押し寄せてくるのが見えた。雷がいっせいにとどろき、大地を震わせる。嵐を背にカーソンが馬を駆って猛スピードで近づいてくる。そのスピードに、ララは恐怖で心臓が止まりそうになった。聞こえないとわかっていたがどうしても黙っていられず、ララは彼の名を呼んだ。

ほどなくカーソンはララのそばで馬を止めた。そして一瞬でララを抱き上げて鞍の前に座らせると、すかさず馬に拍車をかけた。

ロッキング・Bの庭に入っていくと、納屋からウィリーが飛び出してきてくつわをつかんだ。たたきつけるような冷たい雨にまじって、雹が地面に突き刺さる。雷が大地を揺るがし、轟音ですべてをのみ尽くす。ウィリーが何か言ったが、その声はかき消された。カーソンはわかったようだ。彼は馬から飛び降りてララを抱き、家の中へと急いだ。

稲光が何度も炸裂し、大地から色を奪う。ドアがばたんと閉まる音は雷のとどろきにのみ込まれ、音のない不気味な映像だけを残した。

ララはカーソンにしがみつき、嵐がすさまじい勢いで家を襲うのを感じて身を震わせた。頭にあるのは、彼女を捜しながら雷に身をさらしていたカーソンのこと、あのときずっと安全な岩棚の下にいたらカーソンは気づかなかっただろうということだけだ。今も大地に降りそそいでいる氷のかけらが、むき出しの彼の体にも襲いかかったかもしれない。馬が転倒して彼は落馬したかもしれないし、けがのために氷と風のただなかで動けなくなり、そのまま死んでしまったかもしれない。

ララの母はそうだった——凍りついた道で足をすべらせて転倒し、寒さに体温を奪われてしまった。

ララはカーソンの目を見上げた。もっとよくわかってあげなかったことの許しを請い、愛していると伝えたい。何もかも話し尽くしてしまいたい。雹が屋根にあたる音が、ララの言葉をかき消した。それはカーソンも同じだった。彼の唇が動いているのが見え、燃えるように真剣なまなざしが見えたが、何も聞こえない。

ララは爪先立ちになり、カーソンの豊かな髪に指を差し入れて引き寄せた。その唇は嵐のせいで冷たく、ララの唇もまた冷たかった。カーソンの冷たさの下に熱いものが隠れているのを彼女は知っていた。そこに手を伸ばし、命のほとばしりに触れたい。そのとき、体が持ち上げられたかと思うと強い力で抱きしめられた。ララも同じように抱きしめ返した。力を込めて抱きしめれば、彼の一部になれるかのように。カーソンのキスは荒々しくもあり、甘くもあった。二人は言葉もなく思いを分かちあった。

二人のまわりで吹き荒れていた嵐は雷と雹を連れて立ち去り、あとに静けさを残した。

「私が間違って――」

「許してくれ」

「あなたのこと信じなきゃいけなかったのに――」

「ララ、愛してる。心から――」

静けさの中で、次から次へとわき上がる思いの中で、いくつもの言葉がふいに浮かび上がった。どちらが何を話したのか、誰があやまり誰が許したのかもうわからなかった。二人の言葉は、愛と同じく、ひとしく互いに捧げられた。

エピローグ

「カーソン？　あなたなの？　もう仕事は終わり？」

ララはコンピューターの画面から目を離して期待と愛で顔を輝かせ、書斎に入ってくるカーソンにほほえんだ。何か見せたいものを持ってきてくれたのかしら。先週は、灰色がかった緑色の地に小さなクリーム色の花が咲いたような小石を持ってきてくれた。その前の週は、雨の粒がきらきらと光る常緑樹の小枝だった。

　また秋のある日、ララはふたたびカーソンの腕の中にいて、深まる夜を背に、喉を震わせる水鳥の鳴き声に耳を澄ました。

「ちょっと見せたいものがあってね」カーソンは身をかがめ、ララのうなじにキスした。「時間はあるかい？」

　ララは彼のほうに向いて頬に触れた。「あなたのためならいつでもあるわ」

　カーソンはララのてのひらに唇を寄せ、言葉もなくララを愛撫(あいぶ)した。そして彼女を椅子から引っ張り上げた。なんのためらいもなく彼に体をまかせるララの様子にほほえみを浮かべながら。

「論文のほうはどう？」カーソンはコンピューターを見た。

「はかどってるわ。あなたが何度も牧童の記憶と昔の写真をうまく一致させてくれたから本当に助かった」ララはカーソンの首に腕をまわした。「もうお礼は言ったかしら？」

「いっしょにいてほほえんでくれるだけでじゅうぶんだが、今感謝の気持ちを表したいというなら止めないよ」カーソンは頭を下げ、ララにキスした。「君の感謝の示し方が好きだ。僕からも感謝を示そう」

彼はララをそっと引き寄せて、唇のやわらかなぬくもりを味わい、熱い反応を楽しみ、ふくらんだおなかのカーブをしっかりと体に感じた。そして、しぶしぶ彼女を離した。

「急がないと次の嵐が来て、君に見せるものが春までおあずけになりそうなんだ」

ララの無言の問いかけには答えようとせず、カーソンは彼女に防寒着を着せ、ピックアップ・トラックに乗せた。着いたのは、ゆるやかに盛り上がった大きな丘のふもとだった。その丘の形にララは見覚えがあるような気がした。二人は丘を上った。夏に青々と茂っていた草は霜で枯れ、秋の雨と風が黄褐色のマットに変えていた。間もなく冬の嵐がやってきて地面を白い毛布でおおい、春の猛々しい目覚めに備えて眠る大地を守るだろう。

「目を閉じて」

ララはすなおに目を閉じた。すると体が傾き、カーソンに抱き上げられたのがわかった。

ララはほほえみながら、のぞき見しないと約束するように彼のシープスキンのジャケットの襟元に顔をうずめた。しばらくするとまた体が傾き、地面に下ろされた。

「いい?」

カーソンは答えずにララのうしろにまわり、さえぎるもののない大地を吹きすぎる風から彼女を守るように両腕のぬくもりの中に引き寄せた。

「いいよ」

彼女は目を開けた。目の前にたゆたうビッグ・グリーン川をはさんでロッキング・Bの牧草地が広がっている。あちこちで牛が草をはみ、その間を牧童が一人馬を駆って走り抜けていく。柵(さく)をのぞけば、初代のブラックリッジが谷にやってきて一握りの石を集め、新たな人生を築いたときとほとんど変わらない。

カーソンがララに見せようとしたものが、そこにあった。腕を伸ばせば届く場所に、この土地の石を積み上げた崩れかけた山があった。家族を、州を、国を形作った西へと向かう夢が、最初に大地にしるされた場所だ。

「見つけてくれたのね!」ララの言葉は興奮で震えた。「ここからすべてが始まったんだわ。ブラックリッジの夢も、チャンドラーの夢も。そのときとまさに同じ石に触れて、同じ谷を見て、同じ丘の上に立っている――何もかもここにあるわ!」

カーソンの腕の中でララは振り返り、輝くようなほほえみを見せた。彼はララの防寒着の下に手をすべり込ませ、丸いおなかを包み込んだ。てのひらの下で彼らの子が動くのがわかった。生まれるのが待ちきれないかのようだ。祖先が歩き、そしてこの子もまた歩くに違いない大地に早く足を踏み入れたがっているのだろうか。カーソンは飽きもせず何度もてのひらで熱い生命の神秘を感じ取り、自分の子どもがララの中で育っているのを実感した。

「そのとおりだ」カーソンはかすれた声で言い、唇で彼女の唇を撫でた。「何もかもここにある。僕の腕の中に。それは愛だ。愛してるよ、ララ」

抱き寄せると、ララの体が震えるのがわかった。二人が交わしたキスは大地を吹きすぎる風のように甘く激しく、すべてを包み込み、過去と現在を未来へとつなげた。歴史や大地に劣らず美しく強くもある未来へと。

＊本書は、2006年7月にMIRA文庫より刊行された『残酷な遺言』の新装版です。

残酷な遺言

2022年7月15日発行　第1刷

著　者　エリザベス・ローウェル

訳　者　仁嶋いずる

発行人　鈴木幸辰

発行所　株式会社ハーパーコリンズ・ジャパン
東京都千代田区大手町1-5-1
03-6269-2883（営業）
0570-008091（読者サービス係）

印刷・製本　中央精版印刷株式会社

定価はカバーに表示してあります。

ISBN978-4-596-70961-5

mirabooks

死線のヴィーナス

アイリス・ジョハンセン
矢沢聖子 訳

任務のためには手段を選ばない孤高のCIA局員アリサ。モロッコで起きた女学生集団誘拐事件を追い、手がかりを求め大富豪コーガンに接触を図るが…。

囚われのイヴ

アイリス・ジョハンセン
矢沢聖子 訳

死者の骨から生前の姿を蘇らせる復顔彫刻家イヴ・ダンカン。ある青年の死に秘められた真実が、新たな事件を呼びよせ…。著者の代表的シリーズ、新章開幕！

慟哭のイヴ

アイリス・ジョハンセン
矢沢聖子 訳

殺人鬼だった息子の顔を取り戻そうとする男に追われ、極寒の冬山に逃げ込んだ復顔彫刻家イヴ。満身創痍の彼女に手を差し伸べたのは、思いもよらぬ人物で…。

弔いのイヴ

アイリス・ジョハンセン
矢沢聖子 訳

殺人鬼だった息子の顔を取り戻すためイヴを拉致した男は、ついに最後の計画を開始した。決死の覚悟で挑む闘いの行方は…？　イヴ・ダンカン三部作、完結篇！

野生に生まれた天使

アイリス・ジョハンセン
矢沢聖子 訳

動物の声を聞ける力を持ったがため、数々の試練にさらされてきたマーガレット。平穏な日々も束の間、謎の男によって過去の傷に向き合うことになり…。

永き夜の終わりに

アイリス・ジョハンセン 他
矢沢聖子 訳

10年前、盲目のケンドラに視力を与えた奇跡のプロジェクト。突然失踪した恩人の医師をアダムと追ううち、その裏側にうごめく闇があらわになっていく。

mirabooks

レディ・ヴィクトリア

リンダ・ハワード
加藤洋子 訳

没落した名家の令嬢ヴィクトリアは大牧場主との愛のない結婚生活に不安を覚えていた。そんな彼女はあるガンマンに惹かれるが、彼には恐るべき計画があり…。

天使のせせらぎ

リンダ・ハワード
林 啓恵 訳

早くに両親を亡くし、たったひとり自立して生きてきたディー。そんな彼女の前に近隣一の牧場主が現れる。その目的を知ったディーは彼を拒むも、なぜか心は揺れ…。

ふたりだけの荒野

リンダ・ハワード
林 啓恵 訳

炭坑の町で医者として多忙な日々を送るアニー。ある日彼女の前に重症を負った男が現れる。野生の熱を帯びた男らしさに心乱されるが、彼は驚愕の行動をし…。

瞳に輝く星

リンダ・ハワード
米崎邦子 訳

亡き父が隣の牧場主ジョンから10万ドルもの借金をしていたと知ったミシェル。返済期限を延ばしてほしいと頼むが、彼は信じがたい提案を持ちかけて…。

バラのざわめき

リンダ・ハワード
新号友子 訳

若くして資産家の夫を亡くしたジェシカとギリシャ人実業家ニコラス。相反する二人の想いは不器用なまでにすれ違い…。大ベストセラー作家の初邦訳作が復刊。

カムフラージュ

リンダ・ハワード
中原聡美 訳

FBIの依頼で病院に向かったジェイを待っていたのは、全身を包帯で覆われた瀕死の男。元夫なのか確信を持てないまま、本人確認に応じてしまうが…。

mirabooks

この手を離してしまえば
マヤ・バンクス
八坂よしみ 訳
密かに憧れていた実業家キャムと、あるパーティの夜に結ばれたピッパ。一度のことと知りながらも喜びを噛み締めていたが、後日妊娠したことがわかり…。

いつか想いが届くまで
マヤ・バンクス
深山ちひろ 訳
若き実業家デヴォンから夢見たとおりのプロポーズをされ、幸せの絶頂にいた花嫁アシュリー。世間知らずの彼女は、それが政略結婚だと知るはずもなく…。

忘れたい恋だとしても
マヤ・バンクス
藤峰みちか 訳
会社経営者ライアンと婚約し幸せの絶頂にいたケリーは、ある日彼の弟との不貞を疑われ捨てられた。半年後、彼の子を身ごもるケリーの前にライアンが現れ――

忘却のかなたの楽園
マヤ・バンクス
小林ルミ子 訳
所有する島の購入交渉に来たラファエルと恋に落ちたブライアニー。契約を交わすと彼との連絡は途絶える。妊娠に気づき訪ねると、彼は事故で記憶を失っていて…。

消えない愛のしるしを
マヤ・バンクス
琴葉かいら 訳
夫の死後三年がたち、過去を吹っ切るために秘密の社交場にやってきたジョスリン。長年胸に秘めてきた願いを叶えようとするが、そこには夫の親友がいて…。

一夜の夢が覚めたとき
マヤ・バンクス
庭植奈穂子 訳
楽園のような島のホテルで職を得たジュエルはその日、名も知らぬ男性に誘惑され熱い一夜を過ごす。だが彼こそがオーナーのピアズで、彼女は翌日解雇され…。